Wichtelbriefe für Kinder

VOM KLEINEN WICHTEL HINTER DER MAGISCHEN WICHTELTÜR

Lieber Leser, liebe Leserin,

wie schön, dass du dich für dieses Buch voller Wichtel-Inspirationen entschieden hast. Um es dir so einfach wie möglich zu machen, habe ich wirklich an alles gedacht und viele lustige Wichtelbriefvorlagen für dich und dein Kind vorbereitet. Außerdem gibt es witzige Schabernack-Ideen, praktische Tipps und hilfreiche Informationen, sodass du Schritt für Schritt die wunderbare Wichteltradition kennenlernen und direkt umsetzen kannst. Aber auch wenn ihr bereits in den letzten Jahren einen Wichtel im Haus hattet, wird dir dieses Buch eine große Hilfe sein und viele Inspirationen liefern.

Aber wie kam es überhaupt zu diesem Buch?
Vor einigen Jahren bin ich auf die wunderbare Tradition des Weihnachtswichtels gestoßen. Im Internet und in Social Media habe ich darüber gelesen und wirklich zauberhafte Fotos gesehen. Das wollte ich meinen Kindern nicht vorenthalten, denn wir alle lieben die gemütliche Adventszeit und die Vorfreude auf Weihnachten sehr. Ich habe daraufhin Informationen und Ideen zusammengetragen und festgestellt, dass die Wichteltradition zwar wirklich wunderschön ist, aber auch viel Arbeit bereitet. Ich habe die Adventszeit mit unserem Wichtel gut geplant, mir Streiche überlegt und Briefe vorgeschrieben. Meinen Kindern hat es riesigen Spaß gemacht. Als ich dann im Freundeskreis davon erzählt habe, kamen immer wieder Fragen auf:

Wann zieht ein Wichtel ein und wie lange bleibt er?
Was macht der Wichtel denn die ganze Zeit?
Wie kommuniziert ihr mit eurem Hausgast?
Was schreibt man denn in die Wichtelbriefe?
Welche Schabernack-Ideen gibt es? Und vieles mehr …

So kam mir die Idee zu diesem Buch. Hier wirst du alles erfahren, was du über den Weihnachtswichtel wissen musst. Es gibt viele Informationen, die dir die Vorbereitung erleichtern und praktische Wichtelbriefe, die bereits fertig geschrieben sind und 1:1 von dir genutzt werden können. Durch die Vorlagen kannst du wertvolle Zeit sparen und den Advent mit der Familie in vollen Zügen genießen. Ich bin mir sicher, dein Kind wird viel Freude mit dem kleinen Wichtel haben.

Ich möchte dir jetzt noch einen kurzen Überblick über den Inhalt des Buches geben, damit du weißt, wie es dich in der Zeit mit eurem Weihnachtswichtel unterstützen kann.

Das erwartet dich in diesem Buch:

- Alle wichtigen Informationen über die Wichteltradition
- Eine Sammlung von Wichtelnamen
- Schabernack- und Essenszauber-Ideen
- Wichtelbriefe für den Einzug
- Wichtelbriefe für besondere Tage im Advent
- Wichtelbriefe mit kleinem Zeitaufwand
- Wichtelbriefe mit etwas mehr Zeitaufwand
- Wichtelbriefe mit viel Zeitaufwand
- Wichtelbriefe, die wetterabhängig sind
- Wichtelbriefe für unerwartete Situationen
- Wichtelbriefe für den Abschied
- Eine Checkliste für die Zeit mit eurem Wichtel
- Eine Bastelanleitung für die Wichteltür
- Eine Bastelanleitung für einen Wichtel – Umzugskarton
- Wichtelbriefvorlagen für individuelle Briefe
- Eine weihnachtliche Wichtelgeschichte zum Vorlesen

Bist du nun bereit für die wunderbare Weihnachtstradition?
Dann lass uns loslegen! Dein Kind wird große Augen machen und den lustigen Mitbewohner fest ins Herz schließen.

Viel Spaß und zauberhafte Weihnachten wünscht dir

Nele Norberg

Inhaltsverzeichnis

Was ist ein Weihnachtswichtel? 9
Woher kommt die Wichteltradition? 9
Dieses Jahr zieht ein Wichtel bei uns ein 10
Wann zieht der Weihnachtswichtel ein? 10
Wichtelnamen für Wichtel und Wichtelinen 11
Die magische Wichteltür 11
- Die Auswahl des passenden Ortes 11
- Wichteltür kaufen oder basteln? 12
- Wichteltür weihnachtlich schmücken 13
- Wichteleinzug vorbereiten 13

Unser Weihnachtswichtel zieht ein 14
Tägliche Post von eurem Wichtel 15
Die Besonderheiten der Briefe in diesem Buch 16
Wenn mal keine Zeit ist 17
Der Weihnachtswichtel zieht aus 18
- Wann zieht der Wichtel wieder aus? 19
- Verwandelt sich der Weihnachtswichtel in einen Ganzjahreswichtel? 19
- Wenn der Abschied schwer fällt 19
- Wichtelauszug vorbereiten 20
- Ein Erinnerungsstück als Abschiedsgeschenk 20

Überraschende Besuche von eurem Wichtel 21

Los geht's **21**
Vorlagen für zauberhafte Wichtelbriefe und lustigen Schabernack 23
Schabernack Ideen 24
Schabernack-Briefvorlage 27
Schabernack-Hinweiszettelchen 29
Essenszauber Ideen 31
Wichtelbrief für die Essenszauberei 33

Wichtelbriefe für besondere Adventstage **35**
Tag 1: Wichtelbrief für den ersten Einzug 37
Tag 1: Wichtelbrief für den zweiten Einzug 39
Tag 2: Wichtel richtet sich ein 41

1. Advent	43
2. Advent	45
3. Advent	47
4. Advent	49
Tag vor Nikolaus	51
Nikolaus	53
Tag vor Heiligabend	55
Heute ist Heiligabend	57
1. Weihnachtstag	59
2. Weihnachtstag	61
Wichtelaufgaben mit kleinem Zeitaufwand	**63**
Frühsport	65
Lieblingsbuch ausleihen	67
Danke für das Lieblingsbuch	69
Lustiges Wort	71
Der Wichtel braucht ein Pflaster	73
Tee für den Wichtel	75
Weihnachtswitze	77
Wichtelaufgaben mit etwas mehr Zeitaufwand	**79**
Ausmalbild	81
Bild für Wichtel malen	85
Danke für das Bild	87
Wichtelgeschichte zum Vorlesen	89
Eine weihnachtliche Wichtelgeschichte	91
Fehlersuche	95
Lieblingsgeschichte vorlesen	99
Puzzle	101
Weihnachtslieder singen	105
Wunschzettel	107
Geschenk für Oma und Opa	109
Spielenachmittag	111
Wichtelaufgaben mit viel Zeitaufwand	**113**
Baum schmücken	115
Plätzchen backen	117

Danke für die Plätzchen 119
Weihnachtsfilm anschauen 121

Wichtelaufgaben, die wetterabhängig sind **123**
Feuerholz sammeln 125
Abendspaziergang 127
Schlitten fahren 129
Schneemann bauen 131

Wichtelbriefe für unerwartete Situationen **133**
Wichteltür dekorieren 135
Warum sieht man den Wichtel nicht? 137
Der Wichtel ist verhindert 139
Kind hat dem Wichtel etwas vor die Tür gelegt 141

Wichtelbriefe für den Abschied **143**
Wichtel packt seine Sachen 145
Ein Geschenk zum Abschied 147
Abschiedsbrief Reise / Urlaub 149
Abschiedsbrief Wichtelschule 151
Wichtel fragt, ob er bleiben darf (Ganzjahreswichtel) 153

Anhang
Briefpapier Vorlagen für eigene Briefe 155
Checkliste für die Zeit mit eurem Wichtel 167
Bastelanleitung für die Wichteltür 177
Bastelvorlagen Umzugskartons 181
Lösungen 185
Impressum 187

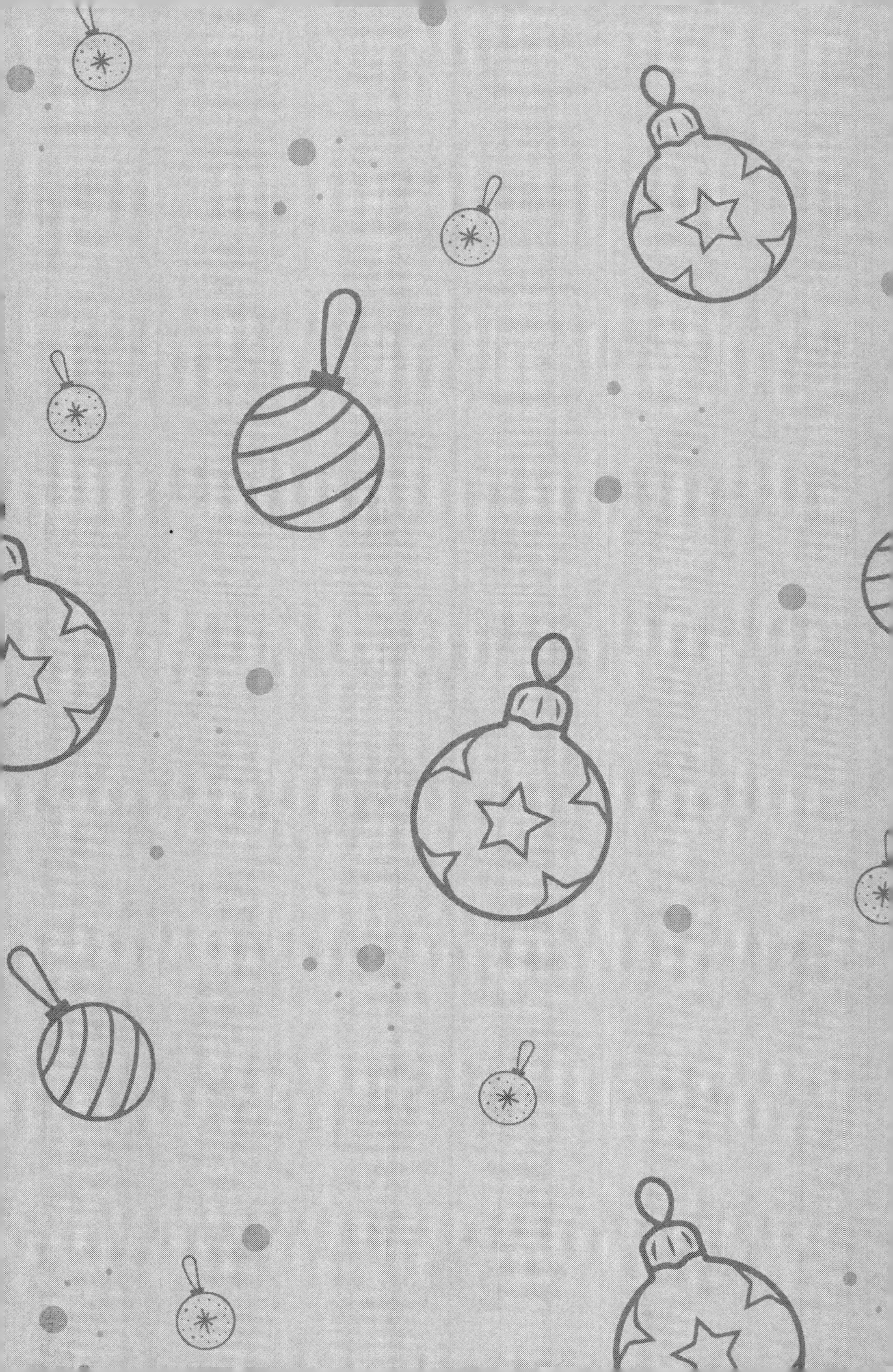

Was ist ein Weihnachtswichtel?

Der Weihnachtswichtel ist ein ganz besonderer Mitbewohner. Er ist ein freundliches, lustiges und fleißiges Kerlchen. Er ist zudem schwer beschäftigt, denn er arbeitet nachts in der Weihnachtswerkstatt. Dort gibt es viel zu tun. Der Wichtel baut Spielzeug, näht Kuscheltiere, verpackt Geschenke, liest und beantwortet Briefe und hilft beim Plätzchenbacken. Wie du siehst, gibt es im Weihnachtsdorf jede Menge Arbeit.

Manchmal treibt er auch Schabernack mit euch. Er liebt es sehr, euch zum Lachen zu bringen und die Kinder glücklich zu machen. Der Grund für seinen Besuch in eurem Haus ist es, für Weihnachtsvorfreude zu sorgen und euer Familienleben mit tollen Ideen und lustigen Streichen zu bereichern.

Deshalb ruht sich euer Wichtel am Tag aus und entspannt friedlich hinter seiner Wichteltür.

Was den Wichtel außerdem noch ausmacht: er ist ein kleines Schleckermäulchen. Er liebt sämtliche Leckereien. Um ihn bei Laune zu halten, könnt ihr ihm gerne ab und zu eine Kleinigkeit vor seine Tür stellen.

Woher kommt die Wichteltradition?

Wichtel und Kobolde kennt man bisweilen hauptsächlich aus Skandinavien. In Nordeuropa gehören die kleinen Kerlchen schon viele Jahre zur Tradition. In Dänemark wird er Nisse genannt, in Finnland Tonttu und in Schweden Tomte. Er lebt hinter seiner kleinen Wichteltür (dän. Nissedør).

Es gibt viele unterschiedliche Wichtel mit verschiedenen Charaktereigenschaften und Fähigkeiten. Die Traditionen unterscheiden sich von Land zu Land und haben sich auch über die Jahre hinweg unterschiedlich weiterentwickelt.

So gibt es beispielsweise neben dem Weihnachtswichtel, der traditionell Julenisse genannt wird, auch Wichtelinen, Schiffskobolde, Kirchen- und Hofkobolde und viele andere kleine Schutzgeister. Außerdem gibt es sogenannte Setznisser. Das sind freche Kobolde, die Tippfehler in Bücher schmuggeln. Es gibt sogar Wichtel, die tadeln.

In unserem Buch soll es aber nur um den wunderbaren Weihnachtswichtel gehen, der euch in der Adventszeit besuchen kommt und die ganze Familie verzaubert.

Dieses Jahr zieht ein Wichtel bei uns ein

Wichteltüren sind in Deutschland noch gar nicht so bekannt. Doch in den letzten Jahren ziehen immer mehr kleine Wichtel in der Adventszeit bei den Familien ein. Wie auch jetzt bei euch.

Für dein Kind ist dieses wunderbare Ereignis besonders aufregend und es wird den winzigen Hausgast schnell ins Herz schließen. Täglich gemeinsam die kleine Wichteltür zu besuchen, wird für die ganze Familie zu einem besonderen Ritual in der Vorweihnachtszeit.

Ob ein Wichtel oder eine Wichteline bei euch einzieht, das könnt ihr frei entscheiden. Der Einfachheit halber wird in diesem Buch allgemein vom „Wichtel“ gesprochen.

Wenn ein Wichtel bei euch einzieht, ist alles möglich. Lasst euch überraschen und genießt diese besondere und magische Vorweihnachtszeit.

Wann zieht der Weihnachtswichtel ein?

In der Regel zieht der Weihnachtswichtel am 1. Dezember ein. Von da an besucht ihr euren kleinen Hausgast mindestens einmal täglich.

Für das Leben mit eurem Wichtel gibt es keine Regeln. Ihr könnt ihn am 1. Dezember einziehen lassen und euch bis Weihnachten an seiner Gesellschaft erfreuen. Es spricht aber auch nichts dagegen, die Wichteltür schon früher erscheinen zu lassen. Zum Beispiel am 1. Advent oder einfach dann, wenn für euch die Vorweihnachtszeit beginnt.

Wichtelnamen für Wichtel und Wichtelinen

Da die Wichteltradition aus dem hohen Norden kommt, sind skandinavische Namen für Wichtel und Wichteldamen besonders beliebt. Wie du euren kleinen Mitbewohner oder eure Mitbewohnerin nennen möchtest, das ist selbstverständlich dir überlassen. Vielleicht hast du schon eine Idee? Wenn nicht, dann sind hier ein paar Vorschläge für dich.

Wichtel

Bolli, Emil, Fietje, Finn, Frodo, Jasper, Jeppe, Jockel, Jonte, Kalle, Klex, Knut, Lars, Lasse, Linus, Ludwig, Lumpi, Magnus, Momo, Nepomuk, Niels, Nisse, Noel, Norbert, Odin, Pepe, Snorre, Talis, Tamme, Tjorve, Tomte, Tonttu, Torvi, Willy, Wim und Yorick

Wichteline

Adela, Alma, Alva, Cordula, Elda, Elvina, Finja, Flora, Freja, Greta, Hanne, Hermina, Hilda, Hildegard, Jo-Hanne, Lilly, Lyra, Matilda, Mette, Milla, Milli, Mine, Molly, Rosa, Runa, Smilla, Stine, Svea, Talvi, Thekla, Tilda, Trudi, Wanya und Wilma

Die magische Wichteltür

Du hast dich für einen Wichtelnamen entschieden? Dann kannst du nun überlegen, wo du die Wichteltür anbringen möchtest und wie sie aussehen soll.

Die Auswahl des passenden Ortes

Der Ort der Wichteltür ist wichtig. Überlege vorab, wo euer Wichtel wohnen soll. Am besten geeignet sind das Wohnzimmer oder die Küche. Der Wichtel kann zwar auch im Kinderzimmer einziehen, aber dann hast du eventuell Schwierigkeiten unbemerkt die Briefe abzulegen oder Aktionen vorzubereiten. Außerdem solltest du den Ort so wählen, dass ihr nicht ständig darüber stolpert, wenn zum Beispiel vor der Wichteltür ein Getränk für euren Hausgast steht. Hast du den passenden Fleck gefunden? Dann siehst du wie viel Platz tatsächlich für die Wichteltür und die dazugehörigen Dekorationen zur Verfügung steht.

Du kannst die Tür nun an der Wand anbringen. Wenn ihr eine Fußleiste habt, dann klebst du sie direkt darüber.

Wichteltür kaufen oder basteln?

Wichteltüren gibt es in unterschiedlichen Farben und Ausführungen.

Wenn du die Tür online kaufen möchtest, dann kannst du nach folgenden Stichwörtern suchen: Wichteltüren, Elfentüren und Feentüren.

Du kannst die Tür aber auch ganz einfach selbst basteln. Der Vorteil hierbei ist, dass du eine Tür nach deinem Geschmack gestalten kannst und womöglich auch Kosten sparst.

Für eine einfache, aber niedliche Wichteltür, findest du eine Bastelanleitung im Anhang unter „Bastelanleitung für die Wichteltür“. Du benötigst nur Eisstiele, Pappe und etwas Farbe und es kann losgehen.

Üblicherweise lebt der Wichtel bei euch hinter der oben erwähnten Wichteltür. Es ist aber auch möglich, dem Gast ein kleines Wichtelhäuschen aufzustellen, in dem er für die Dauer des Aufenthaltes lebt. Hierbei musst du allerdings berücksichtigen, dass der Wichtel so wohnen muss, dass niemand ihn sehen kann.

Wenn du etwas mehr Zeit hast und dir ausgefallenere Ideen vorschweben, dann sind hier Vorschläge, woraus du selbst ein Zuhause für den Wichtel basteln kannst:

- Bilderrahmen
- Puppenhaus
- Krippenhaus
- Holzhäuschen
- Vogelhäuschen
- Nagerhaus
- Regale umbauen
- Wandgarderobe
- Deko Laterne
- Deko Pilz

> **Tipp:** Egal ob gekauft oder selbst gebastelt, du solltest die kleine Wichteltür mit einem wieder ablösbaren Kleber (Klebepads, Klebeknete) an der Wand befestigen, damit die Tapete nicht beschädigt wird.

Wichteltür weihnachtlich schmücken

Eigentlich hast du mit der Wichteltür alles, was du für den Einzug des kleinen Mitbewohners benötigst. Allerdings sind der Fantasie keine Grenzen gesetzt. So kannst du rund um die Tür noch weiter dekorieren, wenn du das möchtest. Oder du schenkst dem Wichtel im Laufe der Zeit noch ein paar Kleinigkeiten, gemeinsam mit deinem Kind. Auch hier gibt es die Möglichkeit für euren Gast zu basteln oder fertiges Wichtelzubehör online einzukaufen.

Hier sind einige Deko-Beispiele für eine weihnachtliche Wichteltür:

* Treppe (vom Boden bis zur Tür)
* Kleiner Tannenbaum
* Zaun
* Fußmatte
* Wichtelstiefel
* Schlitten
* Kleine Bank
* Briefkasten
* Lichterkette

Darüber hinaus kannst du die Wichteltür auch jederzeit passend zum Tag dekorieren. Wenn es beispielsweise zum ersten Mal geschneit hat, kannst du Schnee vor der Wichteltür rieseln lassen. Hierfür nimmst du einfach Puderzucker oder gesiebtes Mehl, wenn du keinen Kunstschnee parat hast. Es gibt viele Möglichkeiten und du kannst hier ganz nach deinem Geschmack und deinen Vorstellungen kreativ werden.

Wichteleinzug vorbereiten

Bald ist es so weit! Euer Wichtel zieht ein.

Um auf den Einzug des Wichtels aufmerksam zu machen, gibt es verschiedene Möglichkeiten. Eines Morgens ist plötzlich auf wundersame Weise die Tür erschienen und der Wichtel ist eingezogen. Dein Kind wird staunen und gespannt dem Inhalt des Briefes lauschen, den der kleine Wichtel geschrieben hat.

Oder aber du baust bereits 1-2 Tage vor dem geplanten Einzug eine kleine Baustelle auf, die dein Kind neugierig machen soll. Du kannst ihm dann deine Vermutung mitteilen, dass bald ein Wichtel bei euch einziehen wird.

Miniatur Baustellen-Zubehör gibt es reichlich zu kaufen. Du kannst aber auch eine kleine Schachtel oder einen kleinen Karton als Umzugskarton verwenden. Solltest du nichts Passendes griffbereit haben, findest du im Anhang unter „Bastelanleitung Umzugskarton“ eine Vorlage.

Unser Weihnachtswichtel zieht ein

Dein Kind wird völlig aus dem Häuschen sein, wenn es die Wichteltür entdeckt. Am ersten Tag sollte ein Brief bereit liegen, in dem der Wichtel sich vorstellt. Vorlagen findest du natürlich hier in diesem Buch. Da der Wichtel noch nie zuvor bei euch war, stellt er sich erst einmal vor und erklärt deinem Kind, warum er nun bei euch wohnt. Der passende Brief hierzu heißt „Wichtel erster Einzug“.

Von da an kannst du jeden Tag einen Brief von eurem kleinen Mitbewohner an die Türschwelle legen. Du kannst dieses Ritual anstelle eines Adventskalenders nutzen oder damit kombinieren. Der Wichtel kann zum Beispiel täglich eine Kleinigkeit für dein Kind bereitlegen. Natürlich kann sich euer Hausgast auch mehrmals täglich bemerkbar machen. Durch die bereits erwähnten Briefe oder die Schabernack-Ideen, wird es mit dem Wichtel nie langweilig.

Zu sehen bekommt ihr den Weihnachtswichtel nicht. Das ist das Besondere an eurem kleinen Gast. Er bleibt für die Menschen unsichtbar, macht sich aber immer wieder durch lustige Streiche oder Briefe bei Euch bemerkbar. Man munkelt, dass der Wichtel seine Zauberkräfte verliert, wenn er von Menschen entdeckt wird. Damit das nicht passiert, schleicht er sich nur nachts heraus und bleibt tagsüber hinter seiner Wichteltür.

Solltet ihr bereits früher einen Wichtel bei euch gehabt haben, muss sich dieser natürlich nicht wieder neu vorstellen. Das gilt auch für den Fall, dass ihr erstmals mit der Tradition startet und das Buch im nächsten Jahr wieder verwenden möchtet. Daher gibt es ebenfalls einen fertigen Wichtelbrief zum Einzug, wenn euer Wichtel aus dem Vorjahr zurückkehrt.

Tägliche Post von eurem Wichtel

Insgesamt gibt es 50 fertige Wichtelbriefe. Das bedeutet, es sind mehr Vorlagen vorhanden, als du brauchen wirst. So kannst du genau die aussuchen, die zu euch passen und die ihr gemeinsam umsetzen möchtet.

Wenn dir die vorgefertigten Briefe gefallen, kannst du sie 1:1 übernehmen. Sie können ganz praktisch ausgeschnitten und sofort verwendet werden. Wenn du das Buch nicht zerschneiden möchtest, kannst du die Briefe kopieren.

Um die Wichtelbriefe hübscher zu verpacken, kannst du sie falten oder aufrollen, mit einer Schnur zusammenbinden und vor die Wichteltür legen. Die Briefe kannst du natürlich auch in einen Briefumschlag stecken oder in die Türchen des Adventskalenders legen.

Selbstverständlich kannst du komplett eigene Briefe schreiben und die Vorlagen aus diesem Buch als Inspiration nutzen. Dafür gibt es im Anhang auch leere Briefpapier-Vorlagen, die du für deine Ideen verwenden kannst. Damit du ewig was davon hast, solltest du sie vor dem Beschriften kopieren. So kannst du zusätzlich zu den vorgefertigten Briefen auch ganz individuelle Wichtelbriefe für dein Kind anfertigen.

Wenn du die Briefe selbst schreibst, soll dein Kind dies natürlich nicht auf den ersten Blick erkennen. Je nach Alter des Kindes könnte sonst die Frage aufkommen, warum die Schrift des Wichtels genauso aussieht wie deine.

Tipp 1: Benutze dafür eine andere Stiftfarbe als sonst.

Tipp 2: Schreibe doch mal in DRUCKBUCHSTABEN.

Tipp 3: Die Briefe mit dem Computer schreiben.

Die Besonderheiten der Briefe in diesem Buch

Formulierungen

Auf die Formulierungen der Briefe wurde sorgfältig geachtet, damit du sie für euren Wichtel ohne großes Verändern praktisch übernehmen kannst.

Sowohl für kleine männliche Wichtel als auch für weibliche Wichtelinen kannst du die Briefvorlagen nutzen. Sie sind geschlechtsneutral verfasst.

Die Briefe sind allgemein gehalten und nicht unterschrieben. So kannst du zu den vorgefertigten Texten individuell den Namen eures Wichtels handschriftlich ergänzen und ihnen eine persönliche Note verleihen.

Aufgaben

Es gibt vielleicht Aufgaben in den Wichtelbriefen, die für euch nicht passend sind, oder für die dein Kind zu jung oder vielleicht auch schon zu alt ist. Wenn der Inhalt eines Briefes für euch nicht passt, dann lasst ihr ihn einfach weg. Aus diesem Grund gibt es genügend Briefe, aus denen du die geeigneten Vorlagen auswählen kannst. Sehr kleine Kinder kannst du zudem ganz einfach unterstützen, sodass euch die Aufgaben gemeinsam viel Spaß machen werden. Oder du änderst den Brief ab. Du wirst sehen, dass die Briefe ganz hervorragende Vorlagen für das Leben mit eurem Wichtel sind.

Aktivitäten

Jede Familie hat ihre eigene Weihnachtstradition und besondere Vorlieben in der Weihnachtszeit. Während einige Familien am Heiligabend traditionell Kartoffelsalat mit Würstchen essen, gibt es in anderen Familien andere besondere Menüs. Ebenso unterschiedlich sind auch die Aktivitäten im Advent, die für uns zur Weihnachtszeit dazugehören. Alle diese in einem Buch niederzuschreiben ist nicht möglich.

Die Briefe in diesem Buch sollen dir als Unterstützung dienen, um die neue Tradition des Weihnachtswichtels mit eurer eigenen zu kombinieren. Hauptmerkmal der vorgeschlagenen Aktivitäten liegt darin, dass du sie trotz deiner knappen Zeit mit deinem Kind genießen kannst.

Wenn wir ehrlich sind, dann wiederholen sich Jahr für Jahr die gleichen Unternehmungen im Advent. Und das ist auch gut so, denn alle freuen sich darauf. Daher gibt es als Grundlage für den Besuch eures lieben Wichtels klassische Aktivitäten für die Vorweihnachtszeit, dieses Mal allerdings kombiniert mit der schönen Wichteltradition. Da du die Briefe und die Aktivitäten täglich selbst wählen kannst, sind sie einfach umzusetzen.

Es gibt Briefe für Aktivitäten, die weniger zeitaufwendig sind, die etwas mehr Zeit beanspruchen und welche die viel Zeit in benötigen, wie z.B. das Plätzchen backen. Es gibt auch Briefe für spontane und wetterabhängige Unternehmungen. Wenn es z.B. plötzlich geschneit hat, dann könnt ihr gemeinsam einen Schneemann bauen. Die Briefe lassen sich also wunderbar in euer Familienleben integrieren. Darüber hinaus gibt es natürlich jederzeit noch die lustigen Schabernack-Ideen, wofür der Wichtel bekannt ist. Diese lassen sich ebenfalls ganz unkompliziert zwischendurch einfügen.

Der Wichtel soll für dich keinen großen Aufwand bedeuten. Es geht in erster Linie um die Weihnachtsstimmung und die besondere gemeinsame Zeit mit deinem Kind. Daher muss auch nicht jeden Tag etwas Großes unternommen werden. Es ist in Ordnung, wenn der Wichtel mal nur um einen kleineren Gefallen bittet, deinem Kind lediglich etwas erzählt oder einen kleinen Schabernack macht. Hauptsache er meldet sich.

Aber selbst für den Fall, dass du mal gar keine Zeit hast, gibt es spezielle Briefvorlagen. Du siehst, einen kleinen Wichtel bei euch aufzunehmen ist gar kein Problem, sondern nur eine große Bereicherung.

Wenn mal keine Zeit ist

Es kann passieren, dass einmal weniger Zeit für die Wichtelpost ist als gewöhnlich. Zum Beispiel wenn du krank wirst, ihr über das Wochenende wegfahrt oder einfach gerade besonders viel zu tun ist. In diesem Fall kann der Wichtel eine Nachricht schicken, in der er deinem Kind erklärt, dass er dringend für ein paar Tage weg muss. Den Grund dafür kann er entweder sofort oder bei seiner Rückkehr erläutern.

Auch hierfür gibt es in diesem Buch einen fertigen Wichtelbrief "Der Wichtel ist verhindert". In diesem Brief erklärt er deinem Kind, dass im Weihnachtsdorf besonders viel zu tun ist und er ein paar Tage fort muss.

Es gibt sicherlich andere Gründe, die vielleicht besser zu eurer Situation passen. Du kannst daher auch einen individuellen Brief schreiben.

Weitere Gründe für das Wegbleiben könnten sein:

Viele Wichtel sind erkältet, daher muss euer Wichtel die Arbeit der anderen ebenfalls erledigen.

Das Geschenkpapier in der Wichtelwerkstatt ist ausgegangen. Damit bis Weihnachten alles verpackt werden kann, muss euer Wichtel schnell neues Geschenkpapier gestalten.

Neues Spielzeug muss getestet werden. Dafür muss der Wichtel ein paar Tage im Weihnachtsdorf bleiben.

Im Wichtelwald gab es einen Sturm. Viele Bäume sind umgekippt und Äste herabgefallen. Der Wichtel muss seinen Freunden beim Aufräumen helfen.

Der Weihnachtswichtel zieht aus

Die Vorweihnachtszeit neigt sich dem Ende zu und der Auszug eures Weihnachtswichtel rückt näher. Dein Kind hat mit eurem Wichtel viel Aufregendes erlebt und möchte ihn nicht mehr missen. Aber auch du hast euren neuen Hausgast liebgewonnen. Doch wie heißt es so schön? Man sollte aufhören, wenn es am schönsten ist.

Wann zieht der Wichtel wieder aus?

Üblicherweise zieht der Wichtel nach Weihnachten wieder aus und verabschiedet sich bis zum nächsten Jahr. Wann der Moment des Abschieds kommen soll, das kannst du ganz individuell entscheiden. Euer Gast kann bereits am 24. oder 25. Dezember ausziehen oder noch bis Silvester bleiben. Manche Familien möchten sich gar nicht trennen und lassen den Wichtel dauerhaft bei sich wohnen.

Verwandelt sich der Weihnachtswichtel in einen Ganzjahreswichtel?

Mit einem Ganzjahreswichtel gibt es jede Menge Möglichkeiten. So könnt ihr auch im Frühjahr und Sommer andere großartige Aktionen mit dem kleinen Hausgast planen.

Ob du allerdings den Wichtel ganzjährig im Haus belassen möchtest, solltest du dir vorab gut überlegen. Schließlich geht der besondere Zauber des Weihnachtswichtels eventuell verloren. Tägliche Briefe und Aktionen kannst du vielleicht nicht das ganze Jahr über beibehalten. Wenn der liebgewonnene Mitbewohner allerdings nach der wunderschönen Adventszeit auszieht, wird dein Kind dem nächsten Einzug wieder voller Freude entgegenfiebern und im nächsten Jahr schon ungeduldig auf den Wichtel warten. So könnt ihr die Zeit mit eurem kleinen Weihnachtsgast immer voll auskosten und genießen.

Wenn der Wichtel doch länger bleiben soll, schreibt er keinen Abschiedsbrief. Stattdessen kann er dein Kind um Erlaubnis fragen, ob er länger bleiben darf. Der fertige Brief steht dir im Anhang ebenfalls zur Verfügung.

Wenn der Abschied schwer fällt

Um deinem Kind den Abschied zu erleichtern, schreibt euer Wichtel natürlich einen lieben Abschiedsbrief. Er bedankt sich für die schöne und aufregende Zeit und verspricht zurückzukehren. Vielleicht spielt er euch zum Schluss noch einmal einen besonders lustigen Streich.

Oft fällt es leichter den Auszug zu akzeptieren, wenn es dafür einen plausiblen Grund gibt. Im Folgenden sind ein paar Beispiele, wie du den Weggang des Wichtels erklären kannst:

* Weltreise
* Urlaub
* Wichtelschule
* Wichtelwald
* Nordpol
* Wichtelfortbildung
* Winterschlaf

In diesem Buch findest du zwei fertige Abschiedsbriefe zu den Themen Reise/ Urlaub und Wichtelschule, die du dir aussuchen kannst.

Wichtelauszug vorbereiten

Damit dein Kind nicht aus allen Wolken fällt, weil es urplötzlich erfährt, dass der Wichtel gleich auszieht, kannst du den Auszug ein paar Tage vor der Abreise ankündigen. So gibst du deinem Kind mehr Zeit, um den Abschied zu verarbeiten.

Hierfür kannst du, wenn du Zeit hast, eine Auszugs-Baustelle einrichten. Dazu reicht es, wenn du die gleichen Einzugs-Baustellen-Teile für den Auszug vor die Wichteltür stellst oder sogar die ersten Dekorationen entfernst. Solltest du nicht dazu kommen, kannst du auch nur den passenden Brief aus diesem Buch vorlesen.

Ein Erinnerungsstück als Abschiedsgeschenk

Um den Auszug noch ein Stückchen leichter zu machen, kann euer Wichtel am Schluss noch ein Abschiedsgeschenk hinterlassen, das dein Kind an den Wichtel erinnern soll.

Kleine Geschenke wie:

* Glücksbringer
* Schneekugel
* Kuscheltier
* Schutzengel

Wenn dein Kind ein Freundebuch hat, kann sich der Wichtel darin verewigen.

Hast du in dieser Zeit viele Fotos gemacht? Wie wäre es dann mit einem Fotobuch?

Überraschende Besuche von eurem Wichtel

Sollte euch die Zeit bis zum nächsten Weihnachtsfest zu lang werden, so kann sich euer Wichtelfreund natürlich jederzeit melden. Er kann eine Postkarte schicken oder sich zu besonderen Anlässen (Geburtstag, 1. Kindergartentag, Einschulung etc.) mit einem Brief bei euch melden. Auch wenn dein Kind krank oder traurig ist, kann es eine gute Idee sein, den Wichtel einen liebevollen Brief schreiben zu lassen.

Los geht's

Nun weißt du alles über die Weihnachtswichtel-Tradition und freust dich sicher schon auf den Einzug eures kleinen Mitbewohners und die strahlenden Kinderaugen.

Ich wünsche euch, dass ihr diese Zeit ganz besonders genießt und ein wunderbares Weihnachtsfest feiert.

Weihnachtliche Grüße,

Nele Norberg

Vorlagen für zauberhafte Wichtelbriefe und lustigen Schabernack

Schabernack Ideen

Neben den täglichen Briefen, die euer Wichtel euch schreibt, hat er außerdem noch ganz schön viele Flausen im Kopf. Er liebt es, euch zum Lachen zu bringen und mit seinen kleinen Späßen Kinder und Erwachsene zu erfreuen. Die kleinen und größeren Wichtelstreiche lassen sich jederzeit im Alltag unterbringen. Dabei kannst du darauf warten, dass dein Kind die Späße selbst entdeckt, oder du legst eine Spur aus. Das können verräterische Gegenstände vor der Wichteltür sein oder Plätzchenkrümel, die zum Heim des kleinen Mitbewohners führen. Der Kreativität sind keine Grenzen gesetzt. Natürlich kannst du auch einen kleinen Zettel schreiben, dessen Botschaft dein Kind zum Wichtelschabernack führt.

Hier sind ein paar Schabernack Ideen:

* Weihnachtsschmuck an die Zahnbürste oder an den Wasserhahn binden

* Frühstücksbrote mit Hilfe von Plätzchenausstechern in weihnachtliche Form bringen

* Spielzeug oder Kuscheltier verstecken und eine kleine Süßigkeit dazulegen

* Schneestreich spielen und Kunstschnee auf dem Frühstückstisch verteilen

* Weihnachtsplätzchen stibitzen und Krümel vor der Wichteltür verteilen

* Wichtelstreich im Bad: 2 Rollen Klopapier liegen als Augen auf der Toilette und eine (rote) Socke hängt als Zunge aus dem Deckel

* Muster in Toilettenpapier schneiden

* Eier anmalen oder Wackelaugen auf die Eier kleben

* Obst bemalen

* Ferrero Rocher - Papier mit Rosenkohl füllen und für das Kind bereitstellen

* Weintraube in Schokobon-Papier wickeln

* Spielzeugautos in einer bestimmten Form aufstellen (Stern, Schneemann)

* Schnürsenkel zusammenbinden oder Perlen auf die Schnürsenkel auffädeln

* Schuhe in Frischhaltefolie einwickeln

* Rolle Luftschlangen anstatt Klopapier auf die Halterung schieben

* Stofftiere oder Schleichtiere aufstellen, als hätten sie sich in der Nacht getroffen

* Schneeflocke aus Q-Tips auslegen

* Klopapier bemalen

* Lebensmittelfarbe in das Toilettenwasser geben

* Lebensmittelfarbe in die Milch rühren

* Lichterkette um die Toilette wickeln

* Etwas an den Spiegel schreiben / malen

* Bunte Post-Its im ganzen Raum aufkleben

* Nachricht aus Buchstabennudeln auslegen

* Weihnachtsmützen oder Schnurrbäder auf ein Familienfoto kleben

* Dusche mit Ballons füllen

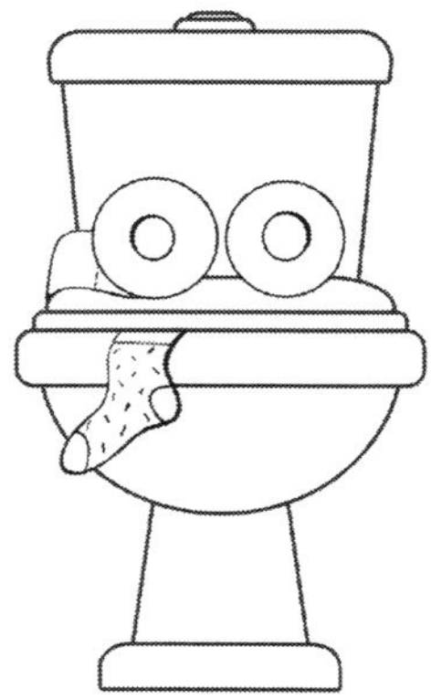

* Wichtel baut über Nacht etwas aus Lego

* Verrückte Sachen in den Weihnachtsbaum hängen

* Nüsse oder Erbsen in die Schuhe legen

* Mamas oder Papas Schlüssel verstecken

* Schul- oder Kindergartentasche verstecken

* Tannenbaum oder Stern mit Zahnpasta in das Waschbecken malen

* Möhren oder Schokoriegel in die Kerzenständer stellen

* Fernsehnacht: Der Fernseher läuft noch und es gibt verräterische Naschspuren. Der Wichtel hat es sich gemütlich gemacht

* Alle Socken im Zimmer verteilen

* Schneespur aus Mehl oder Puderzucker mit Fußabdrücken

* Wichtel hat das Bett gemacht. Kissen liegt an den Füßen und Bettdecke am Kopfteil

* Bunte Smarties in Cornflakes oder Müsli

* Tannenbaum ist noch nicht geschmückt. Wichtel hängt Ostereier, Klopapier oder andere lustige Dinge hinein

Es gibt natürlich noch mehr Ideen, aber für den ersten Wichteleinzug sollten ausreichend Inspirationen für deine Familie dabei sein. Wenn du mit einem Brief oder einem kleinen Zettelchen auf den Wichtelspaß hinweisen möchtest, dann findest du im Anschluss passende Vorlagen.

Halli hallo meine Lieben,

ihr wisst ja, ich habe den Schalk im Nacken. Was das bedeutet? Nun ja, ich liiiiebe lustige Späße.

Letzte Nacht hatte ich eine tolle Idee für einen kleinen Wichtelschabernack. Schaut euch mal um. Könnt ihr entdecken, was ich ausgeheckt habe, während ihr noch seelig geschlummert habt?

Ich lache mich jetzt noch kringelig, wenn ich an den Spaß denke.

Viel Spaß beim Suchen,

Hinweiszettelchen Schabernack

Ich habe etwas ausgeheckt, habe ich es gut genug versteckt?

Habt ihr es schon entdeckt?

Ich habe etwas ausgeheckt, habe ich es gut genug versteckt?

Hihihi …

Oh du heiliger Schabernack …

Oh du heiliger Schabernack …

Uiuiui … ich hatte heute Nacht eine grandiose Idee. Mal schauen, ob sie euch auch so gut gefällt. Hihi.

Geht mal auf die Suche …

Uiuiui … ich hatte heute Nacht eine grandiose Idee. Mal schauen, ob sie euch auch so gut gefällt. Hihi.

Heute hatte ich eine so lustige Idee, die musste ich sogleich in die Tat umsetzen …

Habt ihr es schon entdeckt?

Heute hatte ich eine so lustige Idee, die musste ich sogleich in die Tat umsetzen …

Geht mal auf die Suche …

Habt ihr es schon entdeckt?

Essenszauber Ideen

Das ist ja Zauberei! Wusstet ihr, dass euer Wichtel ganz außergewöhnliche Fähigkeiten hat? Er kann Dinge verwandeln. Legt ihm doch einmal folgende Kleinigkeiten vor seine Wichteltür und schaut, was er am nächsten Tag daraus gezaubert hat:

* Ei (im Eierbecher) - Ü-Ei
* Weiße Bastelpompons – Raffaelo
* Watte – Zuckerwatte
* Frühstücksflocken - große Kekse
* Papier – Esspapier
* Mais – Popkorn
* Münze – Schokomünze
* Konfetti – Smarties
* Zahnstocher – Mikadostäbchen
* Bild von einer Süßigkeit – entsprechende Süßigkeit

Es gibt noch viel mehr Ideen, wie euer Wichtel kleine Köstlichkeiten herbeizaubern kann. Überlege einfach:

1. Was sind die Lieblingssüßigkeiten deines Kindes?
2. Welche Formen haben diese?
3. Welche Gegenstände haben eine ähnliche Form?
4. Passen die Farben auch dazu?

So kannst du immer wieder kleine Zaubereien einplanen. Das kannst du auch unabhängig vom Wichtelbrief noch zusätzlich machen und so ganz individuell entscheiden, wie oft sich euer Wichtel bei euch meldet. Passend dazu gibt es auch einen fertigen Wichtelbrief.

Hallöchen Popöchen,

ich glaube ihr wisst gar nicht, was für ein großer Zauberer so ein kleiner Wichtel ist.

Probiert es mal aus, legt mir etwas vor die Tür, was ich in etwas zu Essen verwandeln soll. Mit meinem Glitzer-Zauber-Pulver kann ich wahre Wunder geschehen lassen.

Das kann oft sehr praktisch sein. So hatte ich vorhin keinen Zucker mehr für meinen Tee. Ich habe mir einfach ein paar Sandkörner vom Spielplatz stibitzt und diese dann - mit dem richtigen Zauberspruch - in süßen Zucker verwandelt. Das ist ganz einfach und für uns Wichtel ein Kinderspiel.

Hasta la vista,

Wichtelbriefe für besondere Adventstage

Diese Briefe beziehen sich auf einen festen Tag im Advent. Selbstverständlich kann aber auch jede andere Briefvorlage an diesen Tagen eingesetzt werden.

Tag 1: Wichtelbrief für den ersten Einzug

Hallo Ihr Lieben,

so eine Überraschung! Ihr habt Besuch bekommen.

Ich bin ein Weihnachtswichtel und wohne jetzt für eine Weile bei euch. Warum, fragt ihr? Na, das ist doch klar: Ich habe euch ausgesucht, weil ich Kinder liebe und glaube, dass wir eine Menge Spaß zusammen haben werden. Noch steht hier bei mir alles voll mit Umzugskisten, aber ich werde nach und nach alles auspacken und mein neues Zuhause schön einrichten.

Freut ihr Euch genauso sehr auf Weihnachten wie ich? Dann lasst uns zusammen die wunderschöne Adventszeit genießen. Ich bin bei euch, um Weihnachtsstimmung zu verbreiten und mich hier von der vielen Arbeit im Weihnachtsdorf zu erholen. Dort arbeite ich nämlich fleißig jede Nacht und helfe dabei, alles für das Weihnachtsfest vorzubereiten. Es müssen jede Menge Spielzeuge gebaut, Kuscheltiere genäht und Päckchen gepackt werden.

Was ihr auch noch über mich wissen solltet: Ich bin ein kleines Schleckermäulchen und mag für mein Leben gerne Plätzchen und warmen Kakao.
Ich werde mich täglich bei euch melden und vielleicht auch mal einen kleinen Streich spielen. Ich liebe Schabernack. Aber Vorsicht: ich bin sehr scheu und darf von Menschen nicht gesehen werden. Wir können uns aber Briefe schreiben und ich kann euch durch meine Wichteltür hören.

Wenn Weihnachten vorbei ist, werde ich wieder abreisen. Aber so lange leiste ich euch ganz still Gesellschaft und freue mich auf unsere gemeinsame Adventszeit.

Bis bald,

Hallo Ihr Lieben,

da bin ich wieder! Ich habe euch sehr vermisst und freue mich riesig, wieder hier zu sein. Könnt ihr euch noch an mich erinnern? Also ich habe euch nicht vergessen und ich fühle mich hier bei euch direkt wieder wie zu Hause.

Allerdings ist es etwas staubig hinter meiner Wichteltür, denn es war ja fast ein Jahr lang niemand hier. Ich muss also erstmal putzen und meine Kisten auspacken. Es gibt viel zu tun, damit ich es mir hier wieder richtig gemütlich machen kann.

Am besten lege ich sofort los, damit ich anschließend die Beine hochlegen kann. Ich muss mich nämlich unbedingt noch ausruhen, bevor ich heute Nacht in der Wichtelwerkstatt arbeite. Im Weihnachtsdorf werde ich dieses Jahr in der Vorweihnachtszeit wieder dringend gebraucht, denn es gibt viel zu tun. Es müssen jede Menge Spielzeuge gebaut, Kuscheltiere genäht und Päckchen gepackt werden.

Ich werde mich jetzt wieder täglich bei euch melden und vielleicht auch mal einen kleinen Streich spielen. Ihr wisst ja, ich liebe Schabernack.
Wenn Weihnachten vorbei ist, werde ich wieder abreisen. Aber so lange leiste ich euch ganz still Gesellschaft und freue mich auf unsere gemeinsame Adventszeit.

Bis bald,

Hallo liebe Familie,

puh, ihr könnt euch gar nicht vorstellen, wie erschöpft ich bin.

Ich habe fleißig mein Wichtelhaus geputzt und alle Umzugskisten ausgepackt. Hier war es vielleicht schmutzig, aber nun ist es sauber und gemütlich. Ich fühle mich pudelwohl. Jetzt muss ich nur noch einmal durch mein Zimmer kehren und mein Bett frisch beziehen. Ich habe meine Sternchenbettwäsche mitgebracht, in der schlafe ich am allerliebsten. Die ist ganz kuschelig weich und hält mich beim Schlafen schön warm. Wenn ich nur daran denke, werde ich schon ganz müde.

Bevor ich weitermache, werde ich mich wohl erst einmal in meinen roten Sessel setzen und die Beine hochlegen. Dann mache ich ein kleines Nickerchen und bin anschließend wieder fit. Ihr müsst wissen, dass ich schon 257 Jahre alt bin, da muss man ab und zu auch mal ein Päuschen machen.

Könnt ihr ein Schlaflied für mich singen? Dann versinke ich bestimmt direkt in einen wunderschönen Traum ...

Gute Nacht,

Halli hallo ihr Lieben,

Heute ist es so weit! Die erste Kerze wird angezündet. Ich freue mich, denn ich liebe den warmen Lichtschein der Kerzen. Das ist so herrlich weihnachtlich.

Habt ihr einen Adventskranz? Oder vielleicht eine andere schöne Kerzen-Dekoration? Von heute an, wird jeden Adventssonntag eine weitere Kerze entzündet und das Licht wird heller und heller bis zum Heiligabend.

Wisst ihr, was ich auch liebe? Den Duft von Orangen und Nelken. Bastelt euch doch eine tolle Weihnachtsdekoration. Ihr könnt dafür einfach die Nelken vorsichtig durch die Schale der Orangen pieksen. Das geht ganz leicht. Dabei könnt ihr die Nelken ganz wild durcheinander stecken oder Muster und Figuren daraus machen. Ich bin gespannt auf eure Kunstwerke und würde mich freuen, wenn ihr mir auch eine Duftorange vor meine Tür legt.

Bis später,

Bonjour ihr lieben Leut,

ich hoffe, ihr habt gut geschlafen und etwas Schönes geträumt. Bonjour sagt man übrigens in Frankreich, wusstet ihr das? Es ist Französisch und bedeutet "Guten Tag". Seid ihr schon einmal in Frankreich gewesen?

Ich reise liebend gerne und habe schon viel von der Welt gesehen.
In Frankreich esse ich zum Beispiel gerne Croissants und trinke einen Kakao dazu. Dann tunke ich das Croissant in den warmen Kakao und es schmeckt köstlich. Auch Crepes liebe ich, das sind ganz dünne Pfannkuchen. Und Waffeln….

Ach, mir läuft das Wasser im Mund zusammen. Ihr wisst ja, ich bin ein Schleckermäulchen und ich liebe süße Sachen. Waffeln habe ich schon ewig nicht gegessen. Meint ihr, ihr könntet welche backen und mir ein Stückchen vor die Tür legen?

Ach ja, und vergesst nicht, die zweite Kerze anzuzünden, denn heute ist bereits der 2. Advent.

Salut, ihr Lieben,

Grüßt euch,

heute ist schon der dritte Advent. Ist das nicht toll? Ihr können schon die dritte Kerze anzünden.

In der Weihnachtswerkstatt laufen die Vorbereitungen für Weihnachten auf Hochtouren. Mir macht die Arbeit dort riesigen Spaß. Und auch wenn ich immer völlig k.o. bin, wenn ich nach Hause komme, wollte ich euch eine kleine Freude machen. Ich habe heute Nacht den Frühstückstisch für euch gedeckt. Nun könnt ihr im Kerzenschein ein schönes Adventsfrühstück genießen.

Und ich? Ich gehe schlafen ... mir fallen schon die Augen zu ... .

Bis später,

Grüßt euch,

wie schön, die vierte Kerze brennt. Ich liebe das warme Licht des Kerzenscheins in der Weihnachtszeit. Es ist so gemütlich und ich genieße die Zeit mit euch sehr.

Wenn ich das alles so sehe, komme ich direkt in Dichterlaune. Soll ich euch spontan ein Gedicht aufsagen? Na, mal sehen … Was fällt mir denn ein?

Die Kerzen flackern wunderbar,
bald ist Weihnachten, ist doch klar.
Noch ein Plätzchen in den Mund,
mein Bauch ist jetzt schon kugelrund.
Ist das nicht ein wunderbares Gedichtel,
von eurem Lieblings-Weihnachtswichtel?

Kennt ihr auch ein Gedicht? Los, lasst mal hören!

In diesem Sinne: Bis denne, Antenne,

Hallo meine liebe Familie,

ich bin ja so aufgeregt. Morgen kommt der Nikolaus, wusstet ihr das?

Ich habe gerade mein Wichtelhaus schön aufgeräumt und meine Stiefel blitzeblank geputzt. Die werde ich heute Nacht aufstellen und hoffen, dass der Nikolaus eine Kleinigkeit für mich hineinlegt. Ihr wisst ja, ich liebe Süßigkeiten. Aber auch Nüsse, Äpfel oder Mandarinen lehne ich nicht ab. Ich bin gespannt, ob der Nikolaus den Weg zu mir findet.

Habt Ihr schon etwas für den Nikolaus vorbereitet?

Bis morgen,

Hallo liebe Familie,

habt ihr den Nikolaus gesehen? Ich leider nicht, aber er muss hier gewesen sein.

Der Nikolaus hat mir ganz heimlich etwas vorbeigebracht. Ich habe mich riesig gefreut und sogar einen kleinen Luftsprung gemacht. In meinen Stiefeln steckten Nüsse, Obst und Schokolade. Ihr könnt euch sicher denken, dass ich sofort davon genascht habe. Ich konnte einfach nicht widerstehen. Aber den Rest werde ich mir gut einteilen, damit ich noch lange etwas davon habe.

Welche Überraschung hat der Nikolaus für euch gebracht? Ihr könnt mir gerne ein Bild davon malen, das schaue ich mir dann später an. Oder ihr erzählt mir davon und ich lausche hinter meiner Wichteltür. Ich bin schon sehr gespannt.

Bis bald,

Huhu,

zählt ihr schon die Tage? Also ich bin gespannt wie ein Flitzebogen, denn morgen ist schon Heiligabend. Natürlich bedeutet das auch Endspurt in der Wichtelwerkstatt. Es gibt immer noch jede Menge zu tun.

Helft ihr mit? Ihr könntet euch um ein Geschenk für Oma, Opa, Mama oder Papa kümmern. Malt doch einfach ein tolles Bild mit vielen bunten Farben und verschenkt es morgen, am heiligen Abend. Über ein hübsches selbstgemaltes Bild freut sich doch nun wirklich jeder. Ich übrigens auch.

Bye bye Kartoffelbrei,

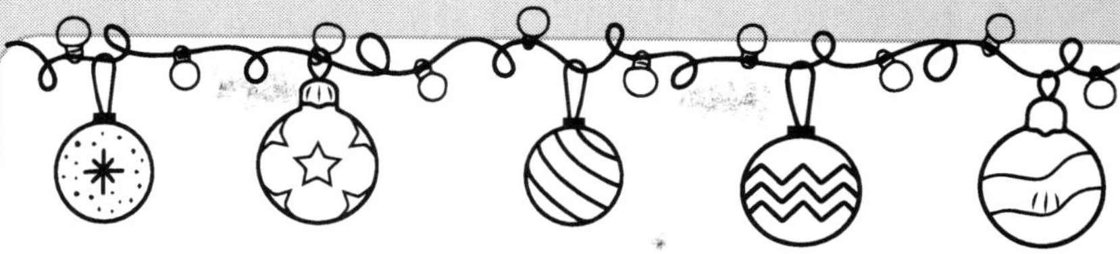

Huhu,

da seid ihr ja endlich! Es ist so weit, es ist so weit, es ist so weit!!!

Wir haben gestern die letzten Geschenke im Weihnachtsdorf verpackt. Und wisst ihr, was wir dann gemacht haben? Schokoladenfondue. Das ist geschmolzene Schokolade, in die man dann Früchte und Kekse eintunken kann. Himmlisch! Das müsst ihr unbedingt mal ausprobieren. Leider ist mir dabei ein kleines Missgeschick passiert.

Während der große Kessel mit der Schokolade über dem Feuer stand und wir alle darauf gewartet haben, dass die Schokolade schön flüssig wird, habe ich mit Thilda herumgealbert. Naja, was soll ich sagen, ich machte einen Schritt rückwärts und landete mit dem Po in der Flüssigschokolade. Alle haben gelacht - ich auch. Aber dann wurde ich nach Hause geschickt, um mich umzuziehen. Und jetzt lache ich nicht mehr, denn ich habe sooo großen Appetit auf Schokolade.

Legt ihr mir heute Abend etwas Schokolade vor meine Wichteltür? Dann kann ich hier bei mir mein eigenes Schoko-Fondue machen und euch beim Feiern belauschen. Ich hoffe, ihr singt ganz laut „Oh Tannenbaum".

Ciao Kakao,

Hallöle,

ich habe mich sehr gefreut, dass ihr gestern so glücklich und friedlich miteinander gefeiert habt. Ich konnte also meine Mission erfüllen und den Weihnachtszauber zu euch bringen.

Ich für meinen Teil hatte auch einen himmlischen Abend. Ich habe Weihnachtslieder gehört und Schokoladenfondue gegessen. Mein Bauch ist kugelrund, aber das gehört an Weihnachten genauso dazu, wie eine Socke im Weihnachtsbaum. Oder habe ich da etwas falsch verstanden? Habt ihr eine Socke im Tannenbaum hängen?

Wie auch immer, ich muss mich erstmal hinlegen und ein Nickerchen machen. Vielleicht träume ich ja von Schokolade.

Tschüsselchen,

Juten Tach,

heute ist schon der 2. Weihnachtstag und ich packe so langsam meine Sachen zusammen. Habt ihr schöne Weihnachtstage? Ich habe gesehen, dass bei euch einige Geschenke unter dem Baum lagen.

Was habt ihr denn bekommen? Ich bin neugierig. Erzählt doch mal, schreibt mir einen Brief oder malt es mir auf.

Ich mache mich jetzt ein letztes Mal auf den Weg ins Weihnachtsdorf. Dort haben wir schon alles blitzeblank geputzt und die Werkstatt bis zum nächsten Jahr geschlossen. Heute gibt es noch ein rauschendes Abschiedsfest mit einem feinen Festtagsessen.

Küsschen aufs Schnüsschen,

Wichtelaufgaben mit kleinem Zeitaufwand

Guten Morgäähhn,

ich bin sooo müde, das könnt ihr euch gar nicht vorstellen. Ist es euch schon einmal passiert, dass ihr eigentlich schon wach wart, aber dann wieder tief und fest eingeschlafen seid? So ging es mir heute. Ich bin aufgestanden, ins Bad gegangen und beim Zähneputzen wieder eingeschlafen. Als ich wieder wach wurde, lag mein Kopf im Waschbecken. Na sowas!

Ich hoffe ihr seid fit wie ein Paar Turnschuhe. Am besten machen wir etwas Morgengymnastik, um richtig in Schwung zu kommen. Wisst ihr, wie der Hampelmann geht? Los, macht mit!

Und 1 und 2 und 3 und 4 und 5 ...

Auf wiedergesehen,

Liebe Familie,

ist es nicht schön, wenn man einen freien Tag vor sich hat?

Heute muss ich gar nicht ins Weihnachtsdorf, ich darf mich erholen und tun und lassen, was ich möchte. Ich bin noch im Schlafanzug und sitze in meinem Sessel. Die Beine habe ich hochgelegt und im Kamin prasselt ein Feuerchen. Ich habe mir Tee gekocht und einen Teller mit Schokoladenkuchen bereitgestellt.

Es könnte mir nicht besser gehen.

Allerdings habe ich eben mein Buch ausgelesen und kein Neues da. Würdet ihr mir vielleicht eins eurer Lieblingsbücher vor meine Wichteltür legen? Ich hole es mir dann heute Nacht herein und lese es. Das wäre nett von euch. Ich bin schon gespannt, welches Buch ihr für mich aussucht. Ihr bekommt es natürlich zurück, das ist doch Ehrensache.

Und nun werde ich meinen Kuchen genießen und anschließend ein wenig die Augen zumachen.

Bis später,

Hallo meine Lieben,

vielen Dank für das schöne Buch. Ich kann gut verstehen, dass es eines eurer Lieblingsbücher ist. Mir hat es auch besonders gut gefallen. Ich werde in der Bücherwerkstatt im Weihnachtsdorf davon erzählen, dann können wir es dort herstellen und an Weihnachten verschenken. Bestimmt freuen sich andere Kinder auch über dieses wunderbare Buch.

Euer Buch habe ich wieder vor meine Wichteltür gelegt, damit ihr es noch oft gemeinsam lesen könnt.

Heute Nacht muss ich wieder in die Wichtelwerkstatt. Es müssen tausende Bausteine in verschiedenen Farben angepinselt werden. Ich male sehr gerne, ihr auch?

Bis bald,

Kuckuck,

Ich muss euch unbedingt etwas erzählen:

Gestern war ich kurz in der Backstube des Weihnachtsdorfes, als mein Freund Willi hereinkam. Gerade, als ich nach einem herrlich duftenden, frisch gebackenen Plätzchen greifen wollte, fragte er mich: „Na, mein Freund, bist du schon wieder am Schnabulieren?" Ich prustete sofort los: „Am Schnabuwas?"

Da erklärte er mir, dass Schnabulieren ein anderes Wort für Essen sei. Na, wer hat sich das denn ausgedacht? Habt ihr das schon jemals gehört? Ich musste auf jeden Fall so sehr lachen, dass ich kein Plätzchen mehr „schnabulieren" konnte.

Was ist das lustigste Wort, das ihr je gehört habt?

Ich kenne noch eine lustige Verabschiedung:

Sayonara carbonara,

Hallo meine Lieben,

ihr werdet es nicht glauben, aber letzte Nacht wurde ich von einem Bären angefallen. Das kann nicht sein, denkt ihr? Aber so war es.

Ich war fleißig in der Weihnachtswerkstatt damit beschäftigt Bauklötze der Farbe nach zu sortieren, als plötzlich Wichtel Kalle auf mich zulief. Er trug einen riesigen Stapel Geschenke vor sich her. Vor lauter Päckchen konnte er gar nichts sehen. Ganz oben auf dem Stapel saß ein riesiger Teddybär. Und dann ist es passiert: Kalle ist über die Bauklötze gestolpert und ins Wanken geraten. Der große Bär ist vom Stapel gerutscht und hat mich unter sich begraben. Ihr müsst wissen, dass der Teddy ungefähr viermal so groß war wie ich. Aber ich bin ja zum Glück stark und konnte mich schnell befreien. Beim Fallen habe ich mir nur eine kleine Schramme am Knie zugezogen.

Kalle hatte allerdings ein riesiges Durcheinander angerichtet und ich musste die Bauklötze noch einmal neu sortieren.

Habt ihr vielleicht ein Pflaster für mich? Ein kleines reicht, denn der Kratzer ist nur halb so schlimm.

Bis dann,

Hallihallo meine liebe Familie,

letzte Nacht haben wir im Weihnachtsdorf alle zusammen Weihnachtslieder geübt. Wir haben uns um einen wunderschönen, großen Weihnachtsbaum aufgestellt und aus Leibeskräften gesungen. Es war richtig festlich mit dem wunderschönen Gesang und den vielen Lichtern.

Singt Ihr auch so gerne wie ich?

Nun merke ich aber, dass ich vom vielen Singen ein bisschen heiser bin. Habt Ihr vielleicht einen Tee für mich? Stellt ihn mir einfach vor meine Tür, ich schnappe ihn mir dann später.

Ein leckerer Tee tut meinem Hals sicherlich sehr gut.

Vielen Dank,

Meine liebsten Menschen,

ich habe heute ein wenig Bauchschmerzen. Aber nein, nicht was ihr denkt. Ich habe nicht etwa zu viel Keksteig genascht. Ich habe letzte Nacht nur so viel gelacht, dass ich heute Muskelkater in meinem kleinen Kugelbauch habe. Kennt ihr das, wenn ihr nicht mehr aufhören könnt zu lachen? So ging es mir gestern, als meine Wichtelfreunde beim Geschenke verpacken ihre Lieblingswitze erzählt haben. Dummerweise kann ich mir Witze nie merken, geht es euch auch so? Aber einen Witz habe ich extra für euch aufgeschrieben, damit ihr auch etwas zu Lachen habt. Wie gefällt er euch?

Wenn ihr auch einen lustigen Witz kennt, dann erzählt ihn mir doch einfach. Ich verspreche, dass ich hinter meiner Wichteltür gut zuhöre. Vielleicht könnt ihr mich auch lachen hören.

Kommt ein Hase zum Schneemann:
„Möhre her oder ich föhn dich!"

Hihi, bis bald,

Wichtelaufgaben mit etwas mehr Zeitaufwand

Hallihallohallöle,

soll ich euch etwas verraten? Ihr habt es mit einem richtigen Wichtelkünstler zu tun. Ich liebe Malen und Basteln, dabei vergesse ich immer die Zeit und es macht mir so großen Spaß. Ich habe hier eine Staffelei und jede Menge bunte Farben, damit male ich einfach drauflos und erfreue mich dann an dem wunderbaren Gemälde.

Heute möchte ich aber ein Weihnachtsbild bunt ausmalen. Habt ihr auch Lust ein Bild auszumalen? Ich lege euch zu diesem Brief ein Malbild dazu und würde mich freuen, wenn ihr es ausmalt. Viel Spaß!

Man sieht sich! – Oder auch nicht ☻

FROHE
WEIHNACHTEN

Liebe Familie,

ich habe fleißig gearbeitet und mich hier in meinem Häuschen eingerichtet. Es ist klein, aber fein. Genau so, wie ich es bin. Ich fühle mich pudelwohl hier bei Euch. Danke, dass ich hier sein darf. Eine klitzekleine Kleinigkeit fehlt mir aber noch. Ich wünsche mir so sehr ein buntes Bild, das ich mir aufhängen kann. Könnt Ihr mir ein schönes Bild malen?

Legt es einfach vor meine kleine Tür. Ich werde es mir heute Nacht nehmen und es aufhängen.

Ich würde mich riesig darüber freuen.

Tschüssi

Hallo, ihr Lieben!

ihr seid wirklich die beste Gastfamilie, die man sich nur wünschen kann. Vielen Dank für das wunderschöne Bild. Ich habe mich riesig darüber gefreut und es sofort aufgehängt. Nun kann ich es immer anschauen und mich jeden Tag daran erfreuen.

Aber erst einmal muss ich jetzt ein Nickerchen machen, denn ich hatte letzte Nacht viel zu tun. Ich durfte in der Backstube aushelfen und jede Menge Plätzchen ausstechen, backen und verpacken.
Ein paar sind auch in meinem Bauch gelandet … hmm, die waren lecker!

Gute Nacht!

Meine liebe Familie,

was gibt es in der kalten Jahreszeit Schöneres, als sich gemeinsam auf die Couch zu kuscheln und zu lesen?

Letzte Nacht ist etwas Wunderbares passiert. Ich habe Jockel im Weihnachtsdorf getroffen. Wir kennen uns schon sehr lange und er ist einer meiner besten Wichtelfreunde. Bei einem großen Becher Früchtepunsch hat er mir etwas Lustiges erzählt. Ich habe direkt an Euch gedacht, denn ihr müsst die Geschichte unbedingt auch hören. Weil Jockel sie euch nicht selbst erzählen kann, habe ich ihn gebeten, sein Erlebnis für Euch aufzuschreiben. Diesen Gefallen hat er mir natürlich sofort getan. Und so könnt ihr es euch heute richtig gemütlich machen und gemeinsam Jockels Geschichte lesen. Macht es Euch gemütlich und genießt die wunderschöne Adventszeit.

Ich wünsche Euch viel Spaß dabei und werde lauschen, ob ich Euch lachen höre.

Bis dann,

Eine weihnachtliche Wichtelgeschichte

Hallo Ihr Lieben,

ich bin Jockel, ein liebenswerter, fleißiger und gutaussehender Weihnachtswichtel. Eigentlich bin ich auch ziemlich clever, aber letzte Nacht ist mir etwas richtig Dummes passiert. Ich traue mich gar nicht, es euch zu erzählen. Am besten fange ich einmal ganz von vorne an:

Ich wohne im Moment bei einer tollen Familie. Sie haben einen Nachnamen, der richtig gut zu ihnen passt. Meine Familie heißt „Familie Fröhlich“. Ist das nicht ein schöner Name? Sie sind immer gut gelaunt und deshalb fühle ich mich auch besonders wohl in ihrem Haus. Tagsüber, wenn ich schlafe, höre ich sie oft spielen und lachen. Das zaubert mir ein Lächeln ins Gesicht und ich kann mich wunderbar ausruhen und neue Kraft tanken. Gestern habe ich hören können, dass der kleine Daniel liebend gerne Weihnachtsplätzchen nascht. Ich habe an meiner Wichteltür gestanden und das Ohr dagegen gedrückt, damit ich hören konnte, was die Familie sagte. Ihr müsst wissen, dass ich furchtbar neugierig bin und immer alles mitbekommen möchte. Und weil ich so aufmerksam bin, habe ich genau gehört, dass Mama Fröhlich sagte: „Daniel, du kannst nicht alle Plätzchen auf einmal essen. Sie sollen bis Weihnachten reichen. Eins noch und dann stelle ich die Dose wieder weg.“ Ihr könnt euch bestimmt vorstellen, dass Daniel den Vorschlag nicht so gut fand.

Ich selbst liebe Leckereien genauso sehr wie Daniel. Am liebsten esse ich Marzipankartoffeln und Lebkuchen. Und Ausstechplätzchen in weihnachtlichen Formen, die mag ich auch. Am liebsten Sterne. Und als ich gestern in Gedanken war und an all die leckeren Weihnachtsnaschereien dachte, da hatte ich die Idee, ein paar meiner Lieblingskekse für Daniel zu backen. Die würde ich ihm dann hinstellen und einen Zettel dazu legen, der ihm ausdrücklich erlauben würde, alle Plätzchen auf einmal aufzuessen. Ich war total gespannt auf seine Reaktion und wartete ganz ungeduldig, bis alle Fröhlichs im Bett lagen und ich freie Bahn in der Küche hatte.

Ganz leise schlich ich also aus meinem Wichtelhaus hinaus und nahm meine Backutensilien und meine Ausstechförmchen für die Plätzchen mit. Vorsichtig setzte ich einen Fuß vor den anderen. Obwohl ich wirklich sehr achtsam war, fiel ich plötzlich über einen Schnürsenkel. Irgendjemand hatte einen Schuh mitten im Zimmer herumliegen lassen. Dieser irgendjemand war Nero, der Hund von Familie Fröhlich. Aufgeschreckt von meinen klappernden Backförmchen kam er schwanzwedelnd auf mich zu und trug dabei den zweiten Schuh in seiner Schnauze. Der sah schon etwas angeknabbert und vollgesabbert aus. Igitt. Ich hatte früher schon oft gehört, dass Papa Fröhlich seine Schuhe suchte und mit Nero schimpfte, wenn er sie endlich unter der Couch oder im Garten wiedergefunden hatte.

Nero kannte mich bereits und ich kannte ihn. Er ließ sich wunderbar mit Leckerlis bestechen und blieb dafür ruhig und ließ mich gewähren. So auch gestern. Der Hund half mir sogar hoch auf die Küchenarbeitsplatte. Er duckte sich, ließ mich auf seinen Rücken klettern und stellte sich dann vor den Küchenschrank, über dessen Griff ich nun problemlos hochklettern konnte. Bis dahin lief alles wie am Schnürchen. In Windeseile bereitete ich Plätzchenteig zu. Darin habe ich viel Übung und es gelang mir ganz leicht. Ich rollte den Teig aus und drückte die Förmchen hinein. Gerade als ich das Blech mit den Keksen in den Ofen schieben wollte, fiel mir ein, dass Daniels Lieblingsfarbe blau war. Wären blaue Kekse dann nicht noch schöner? Zum Glück hatte ich jede Menge Streusel, Nüsse, Schokolade und auch Zauberglitzer dabei. Ich löste den Korken von der Flasche mit dem blauen Glitzerstaub und färbte die Plätzchen damit ein. Es war nur ganz wenig Zauberstaub nötig, denn die Farbkraft von magischem Glitzerstaub ist gigantisch. Das große Blech in den Backofen zu manövrieren war nun eine ganz schöne Prozedur. Ich kam ins Wanken und stieß mit dem Po an die Glasflasche mit dem blauen Glitzer. Diese kippte um und ein wenig des pudrigen Zauberstaubs verteilte sich auf der Arbeitsfläche und dem Küchenboden. Schnell verstaute ich das Backblech im Ofen und begann das Chaos zu beseitigen. Dann blickte ich vom Küchenschrank aus hinunter auf den Boden und erschrak fürchterlich. Dort lag Nero und schlief. Ihr werdet euch fragen, was daran so schlimm ist. Das Problem war nicht der schlafende Hund. Das Problem war der blaue Zauberglitzer, der offensichtlich auch auf Neros Fell gelandet war. Dort hatte er sich so gut verteilt, dass der vormals hellbraune Hund nun in einem satten Blau erstrahlte. Könnt ihr Euch das vorstellen? Der ganze Hund war blau. Ich nahm mir vor, die fertigen Plätzchen für Daniel auf einen Teller zu legen und mir dabei einen passenden Zauberspruch zu überlegen, mit dem ich mein Missgeschick wieder ausbügeln könnte. Gesagt getan, ich machte den Teller mit den blauen Plätzchen hübsch zurecht und stellte ihn auf Daniels Platz am Esstisch. Noch schnell ein Zettel dazu und zurück in die Küche.

In diesem Moment hörte ich Schritte. Ich hatte völlig die Zeit vergessen und Papa Fröhlich ging bereits ins Bad, um sich für die Arbeit fertig zu machen. Jetzt musste es schnell gehen. Ich flitzte über den Schwanz am blauen Hund hinauf und machte einen Sprung auf die Küchenzeile. Dann packte ich geschwind meine sieben Sachen zusammen und rannte so schnell ich konnte zurück in mein Wichtelhaus. Als ich die Tür hinter mir zuwarf, lehnte ich mich erschöpft dagegen und atmete tief durch. Das war gerade noch einmal gut gegangen. Sicher wisst ihr ja, dass Wichtel auf gar keinen Fall von ihren Menschen gesehen werden dürfen.

Hinter meiner Wichteltür hörte ich nun, dass mehr und mehr Leben ins Haus kam und lauschte, wann Daniel denn endlich die Kekse finden würde. Hoffentlich gefielen sie ihm. Doch anstelle der Freude des kleinen Jungen hörte ich plötzlich einen lauten Schrei von Papa Fröhlich. Er schien sich fürchterlich erschreckt zu haben. Ach ja, der Hund, fiel es mir wieder ein. Sicher war Familie Fröhlich nicht begeistert von der blauen Farbe. Doch dann lachte Papa Fröhlich und rief seine Frau und die Kinder herbei: „Kommt schnell und schaut euch an, welchen Schabernack Jockel heute Nacht getrieben hat.“ Und dann hörte ich Familie Fröhlich lachen und musste selbst kichern.

Und jetzt, wo ich es euch erzähle, liege ich hier in meinem Wichtelhaus und halte mir den Bauch, während ich auf dem Boden liege und mich kringelig lache.

Natürlich werde ich heute Nacht aus meiner Wichteltür schleichen und Nero erlösen. Ich möchte ja nicht, dass er von den anderen Hunden bei seinen Spaziergängen ausgelacht wird. Aber bis dahin bleibt Nero für heute ein ganz besonderer Vierbeiner.

Huhu,

heute bin ich hundemüde, aber ich kriege einfach kein Auge zu. Ich habe letzte Nacht von meiner Wichtelfreundin Thilda ein Fehlersuchbild bekommen. Ihr müsst wissen, dass ich solche Rätsel liebe. Sie hat mir ein wunderbares weihnachtliches Suchbild gegeben, bei dem ich aber den letzten Fehler einfach nicht finden kann. Das ist aber auch wirklich zum Haareraufen!

Kennt ihr „Finde den Fehler"? Könnt Ihr mir vielleicht helfen und auf dem Bild alle Fehler einkreisen? Es müssen 5 Stück sein.

Danke für eure Hilfe und viel Spaß beim Fehlersuchen!

Tschüssikowski,

Wichtelbrief: Fehlersuchbild (5 Fehler)

Kuckuck, ihr Lieben!

Heute Nacht habe ich etwas Tolles erlebt. Als wir in der Wichtelwerkstatt mit der Arbeit fertig waren, habe ich mit Edgar und Emil ein Lagerfeuer gemacht. Draußen unter freiem Himmel in der Dunkelheit. Das war vielleicht ein Abenteuer. Stundenlang haben wir die Flammen angeschaut und uns am Feuer gewärmt.

Dummerweise sind wir irgendwann eingenickt und das Feuer ging aus. Als ich wieder wach wurde, war ich völlig durchgefroren und bin schnell nach Hause geflitzt. Jetzt habe ich mein Kaminfeuer angezündet und mich mit meiner Kuscheldecke davorgesetzt. Das ist herrlich, oder?

Aber wisst ihr, was mir fehlt? Eine schöne Geschichte. Lest ihr doch heute gemeinsam eure Lieblingsgeschichte und macht es euch auch unter einer warmen Decke bequem. Wenn ihr laut genug lest, dann kann ich mithören. Ich habe gute Ohren und bekomme hier hinter meiner Wichteltür alles mit.

Tschö mit Ö,

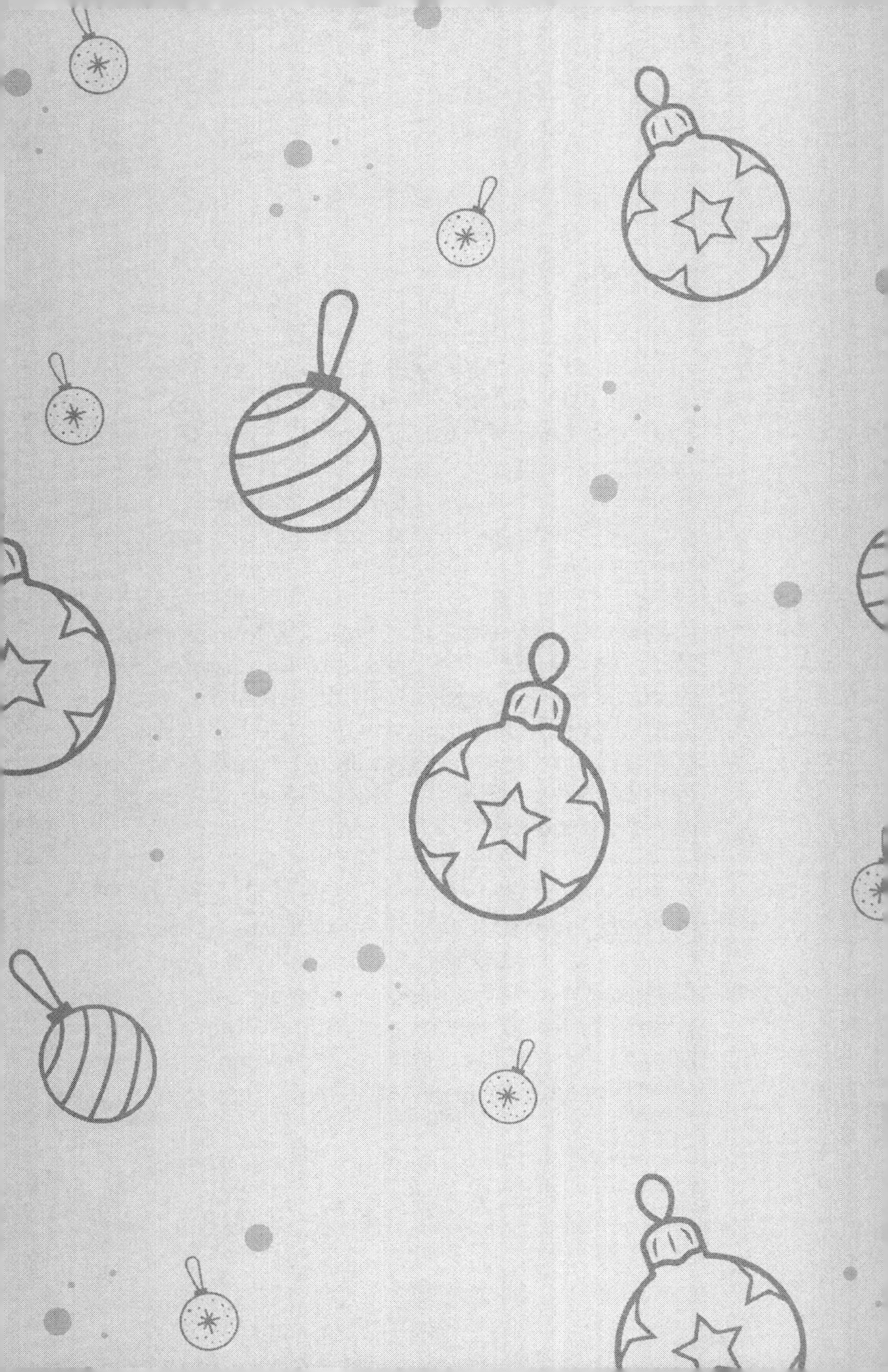

Hallöchen,

letzte Nacht ist mir im Weihnachtsdorf ein Päckchen runtergefallen. Darin war ausgerechnet ein Puzzle, dessen einzelne Teile sich auf dem ganzen Fußboden verteilt haben. Ich bin in Windeseile auf den Knien durch die ganze Werkstatt gekrabbelt und habe alle Teile wieder in den Karton gepackt. Am Ende war ich mir aber nicht sicher, ob ich auch wirklich jedes Teil gefunden hatte.

Mir blieb also nichts anderes übrig, als das Puzzle einmal zusammenzusetzen. Ich habe also meine Arbeit erstmal liegen gelassen, mir einen heißen Früchtetee gemacht und im Kaminzimmer gepuzzelt. Das hat mir so großen Spaß gemacht, dass ich völlig die Zeit vergessen habe. Aber am Ende war das Puzzle fertig und alle Puzzleteile an Ort und Stelle. Puzzelt ihr auch gerne? Ich habe euch ein kleines Puzzle mitgebracht. Könnt ihr es richtig zusammensetzen?

Und nun aus die Maus, bis morgen!

Bonjour, ihr lieben Menschen,

wisst ihr, was mich so richtig in Weihnachtsstimmung bringt? Der Duft von frisch gebackenen Plätzchen und Tannengrün, der warme Kerzenschein, das fröhliche Beisammensein und Weihnachtslieder. Oh ja, ich liebe Weihnachtslieder. Habt ihr ein Lieblingsweihnachtslied?

Mir geht es immer richtig gut, wenn ich Musik höre. Wenn es nach mir geht, dürft ihr den ganzen Tag singen und tanzen. Das macht Spaß!

Sollen wir heute einmal gemeinsam singen? Ihr müsst nur vor meiner Tür ein Weihnachtslied anstimmen und ich singe mit. Welches sollen wir gemeinsam trällern? „Kling, Glöckchen"? Oder „Oh Tannenbaum"? Ihr sucht ein Lied aus!

Bis dann, meine Freunde!

Hallo meine Lieben,

heute habe ich ein bisschen Rückenschmerzen, weil ich letzte Nacht so schwer geschleppt habe. Im Weihnachtsdorf sind säckeweise Briefe eingetroffen. Und ratet mal, wer die ins Haus tragen durfte. Genau, ich war das. Aber kein Problem, ich bin zwar klein, aber stark wie ein Bär. Mit links habe ich einen Sack nach dem anderen über meine Schulter geworfen und an Ort und Stelle gebracht.

Wisst ihr, was drin war, in den großen Säcken? Jede Menge Wunschzettel. Die werden wir im Weihnachtsdorf nun nach und nach lesen.

Hast Du schon all deine Weihnachtswünsche aufgemalt oder aufgeschrieben? Wenn nicht, dann wird es jetzt aber Zeit! Wenn du mir deinen Wunschzettel vor die Tür legst, dann nehme ich ihn direkt mit ins Weihnachtsdorf und werde mich ganz persönlich darum kümmern.
Aber nun werde ich erstmal ein bisschen Wichtel-Yoga machen, damit die Rückenschmerzen verschwinden.

Bis ganz bald,

Kuckuck meine liebe Familie,

habt ihr gut geschlafen? Während ihr im Land der Träume wart, habe ich im Weihnachtsdorf fleißig gearbeitet. Ich war in der Weihnachtswerkstatt und habe Autos zusammengeschraubt, Puppen gefertigt und kuschelige Stofftiere genäht. Anschließend habe ich noch geholfen Geschenkpapier zu bedrucken. Ich liebe es einfach, die Geschenke für die Kinder vorzubereiten, weil sich doch alle immer so sehr freuen, wenn sie ein Päckchen auspacken dürfen.

Wie ist das bei euch? Macht ihr auch gerne anderen eine Freude? Dann bereitet doch heute ein kleines Weihnachtsgeschenk für Oma und Opa vor. Sie freuen sich sicher ganz besonders über etwas Selbstgebasteltes, ein tolles Bild oder eine Weihnachtskarte.

Aber denkt dran, das Geschenk soll eine Überraschung sein. Gut verstecken und nicht verplappern!

Viel Spaß,

Grüßt euch, liebe Familie!

Letzte Nacht im Weihnachtsdorf wollten wir Spiele als Geschenke für die Kinder verpacken. Plötzlich kamen wir Wichtel auf die Idee, dass wir eines der Spiele testen sollten. Ihr wisst schon, damit das, was später als Geschenk bei den Kindern unter dem Weihnachtsbaum landet, auch wirklich gut ist.

Wir haben uns also zu sechst an einen Tisch gesetzt und losgespielt. Das hat so viel Spaß gemacht, dass wir völlig die Zeit vergessen haben. Wir haben gespielt und gespielt, bis Mina plötzlich den Kopf durch die Tür gesteckt hat. Mina läuft immer ganz geschäftig mit einem Block und einem Stift in der Hand herum und kontrolliert, was wir machen. Sie war völlig entsetzt, als sie merkte, dass wir kaum etwas erledigt hatten. Schnell haben wir das Spiel wieder zusammengepackt und den Rest der Nacht in doppelter Geschwindigkeit Geschenke eingepackt.

Spielt ihr auch so gerne Gesellschaftsspiele? Es gibt doch nichts Schöneres, als mit Freunden oder mit der Familie zusammenzusitzen und zu spielen. Sucht euch doch heute auch ein schönes Spiel aus und macht euch einen ganz gemütlichen Spielenachmittag.

Bye bye Kartoffelbrei,

Wichtelaufgaben mit viel Zeitaufwand

Hallöchen Popöchen,

ich habe heute allerbeste Laune. Und wisst ihr warum? Ich habe letzte Nacht meinen Weihnachtsbaum geschmückt. Und er ist wunderschön geworden. Mit Kugeln und Zapfen und Zuckerstangen. Ich könnte ihn noch ewig betrachten.

Dabei habe ich ein Liedchen geschmettert: Oh Tannenbaum, Oh Tannenbaum, wie grün sind deine Blätter …

Ist euer Baum schon geschmückt? Nein? Dann packt die Kugeln aus und macht euch noch heute an die Arbeit. Das Schmücken macht riesigen Spaß und ein Weihnachtsbaum verbreitet so wunderbare Weihnachtsstimmung.

Auf Wiedergesehen,

Hallo ihr Lieben,

letzte Nacht war ich sehr fleißig im Weihnachtsdorf. Zusammen mit den anderen Wichteln habe ich Spielzeug aus Holz gebaut. Wir haben gesägt, gebohrt und geklebt und vor lauter Arbeit die Zeit völlig vergessen.

Als wir endlich fertig waren, zog von der Backstube ganz wunderbarer Plätzchenduft zu uns hinüber. Leider mussten wir aber schon gehen und hatten keine Zeit mehr, die köstlichen Kekse zu probieren.

Seitdem kann ich nur noch an frisch gebackene Plätzchen denken. Möchtet ihr vielleicht heute ein paar leckere Kekse zubereiten? Natürlich würde ich mich freuen, wenn ihr mir eine kleine Kostprobe vor meine Wichteltür legen würdet.

Ich mache jetzt ein Nickerchen und hoffe, dass mich der Duft von frischgebackenen Plätzchen aufwecken wird. Mir läuft jetzt schon das Wasser im Mund zusammen.

Bis bald,

Hallo meine liebe Familie,

vielen Dank für die leckeren Plätzchen. Ich habe sie zusammen mit einem großen Becher Kakao verspeist. Die Kekse haben einfach großartig geschmeckt. Es duftet hier jetzt noch wie in der Weihnachtsbäckerei.

Apropos Weihnachtsbäckerei: Kennt ihr das lustige Lied „In der Weihnachtsbäckerei"? Das würde ich gerne noch einmal hören.

Genauso wie in dem Lied, so geht es auch in der Backstube im Weihnachtsdorf zu. Erst letzte Nacht ist dort dem Wichtel Edgar ein Sack Mehl umgefallen und alles war weiß. Vor lauter Mehlstaub konnte Smilla nicht gut sehen und rutschte mit einer Palette Eiern in der Hand auf einem Butterklecks aus. Alle fünfzig Eier sind zerbrochen. Das war vielleicht eine riesengroße Kleckerei, kann ich euch sagen.

Könnt ihr das Lied für mich singen? Ich singe mit ...

Bis bald,

Servus,

ich muss euch unbedingt etwas erzählen:

Letzte Nacht waren wir Wichtel wieder sehr fleißig im Weihnachtsdorf. Und was hat jeder verdient, der fleißig arbeitet? Richtig, eine erholsame Pause. Wir haben also kurzerhand einen Lagerraum umfunktioniert und dort eine Kinoleinwand aufgestellt. Jeder hat sich einen Stuhl besorgt und eine große Tasse heißen Kakao mit Sahne. Dann hat Tomte noch von irgendwoher einen Sack Maiskörner heran geschleppt. Zum Glück können wir zaubern, also hat er mit dem richtigen Zauberspruch Popcorn daraus gemacht. Ich kann euch sagen, es duftete ganz wunderbar im ganzen Raum und wir haben uns alle zusammen einen Weihnachtsfilm angeschaut.

Macht das doch heute auch mal. Kuschelt euch gemeinsam auf die Couch und sucht euch einen weihnachtlichen Film aus. Das ist herrlich gemütlich.

Ich kuschle mich jetzt aber erstmal in mein Bettchen.

Bis denne,

Wichtelaufgaben, die wetterabhängig sind

Hallo liebe Familie,

brrr, ist das kalt heute. Ich sitze hier in meinem roten Sessel und trage zwei Pullover und eine dicke Jacke. Darüber habe ich noch meinen Bademantel angezogen. Schal, Mütze und Handschuhe sollen mich ebenfalls wärmen, aber ich zittere wie Espenlaub und meine Nase friert ganz furchtbar. Warum gibt es eigentlich keine Nasenwärmer?

Dummerweise ist mein Feuerholz aufgebraucht und ich habe ganz vergessen Neues zu sammeln. Normalerweise wärmt mich nämlich ein knisterndes Feuerchen in meinem Kamin.

Würdet ihr mir einen Gefallen tun und bei eurem nächsten Spaziergang ein paar kleine Äste für mein Kaminfeuer sammeln? Das wäre wirklich wunderbar. Damit würdet ihr mein Wichtelherz erwärmen.

Bis morgen,

Huhu,

sagt mal, habt ihr schon gesehen, wie schön im Dunkeln alles leuchtet in den Straßen? Die Menschen haben ihre Häuser so wundervoll dekoriert.

Ich selbst bin ja ein richtiger Meister, was die Weihnachtsdeko angeht, aber ich muss wirklich staunen. Ich finde all diese Lichter verströmen so viel Weihnachtsstimmung. Da wird mir ganz warm ums Herz.

Schaut es euch selbst einmal an und macht einen Spaziergang am Abend, wenn es dunkel wird. Es ist wunderschön.

Bis bald, ihr Lieben,

Hallo meine Lieben,

letzte Nacht haben wir im Weihnachtsdorf fleißig in der Wichtelwerkstatt gearbeitet. Wir haben Schlitten aus Holz zusammengebaut. Während wir gesägt und geschliffen haben, sind draußen die Schneeflocken gefallen und wir konnten unsere schönen Schlitten sofort ausprobieren.

Ich bin mit all meinen Wichtelfreunden hinaus in den Schnee gelaufen. Wir haben uns gegenseitig auf dem Schlitten gezogen und sind einen großen Hügel hinabgerodelt. Immer wieder sind wir hochgelaufen und heruntergesaust. Das war ganz schön anstrengend, aber es hat riesigen Spaß gemacht.

Schnappt euch am besten heute auch euren Schlitten und genießt den Schnee. Ich brauche jetzt erstmal eine Pause.

Viel Spaß,

Hallo liebe Familie,

habt ihr das gesehen? Draußen ist alles weiß. Ich liebe Schnee, weil man dann so wunderbar mit dem Schlitten die Hügel hinuntersausen kann.

Letzte Nacht haben wir im Weihnachtsdorf sofort alles stehen und liegen gelassen, als wir draußen die weißen Flocken bemerkt haben. Alle Wichtel sind hinausgelaufen und haben eine wilde Schneeballschlacht veranstaltet. Anschließend waren wir völlig durchnässt, deshalb haben wir uns drinnen am Feuer wieder aufgewärmt und Tee getrunken. Das war herrlich.

Und wisst ihr, was ich noch gerne mache, wenn es draußen geschneit hat? Ich baue einen Schneemann. Habt ihr Lust heute einen Schneemann zu bauen? Vergesst nicht die tolle Karottennase, die jeder Schneemann in seinem Gesicht trägt. Ich bin schon gespannt, wie euer weißer Freund aussehen wird.

Bis morgen,

Wichtelbriefe für unerwartete Situationen

Du bist nicht rechtzeitig mit der Deko fertig geworden? Dein Kind fragt, warum es den Wichtel nicht sehen kann, oder es legt eigenständig etwas vor die Wichteltür und wartet auf eine Antwort? Für diese und andere besondere Umstände gibt es die "Wichtelbriefe für unerwartete Situationen".

Tach ihr Lieben,

ich bin heute ein bisschen geknickt. Bei meinem Einzug hier zu euch ins Haus ist ein Umzugskarton verloren gegangen. Ihr müsst wissen, dass es im Wichteldorf eine große Lagerhalle gibt, wo wir alle unsere Koffer und Kisten verstauen. Da sind die Kartons mit den warmen Winterklamotten, die Kisten mit den Sachen für den Sommerurlaub und alle Möglichen Dinge, die ein Wichtel in seinem langen Wichtelleben so braucht. Ihr könnt euch also bestimmt vorstellen, welch ein Durcheinander ausbricht, wenn jeder Wichtel seine Kartons holt um in der Vorweihnachtszeit bei einer lieben Familie einzuziehen.

Naja, was soll ich sagen, nun fehlt mir die Dekoration, die ich sonst immer für meine Wichteltür benötige. Jetzt sieht sie ein bisschen kahl aus, findet ihr nicht?

Vielleicht habt ihr Zeit und Lust mir etwas Dekoration für mein Wichtelheim zu besorgen? Oder ihr bastelt etwas Schönes. Da würde ich mich sehr freuen! Ich bin sicher, dass es großartig aussehen wird.

Bis danni,

Hallöle,

Ihr fragt euch, warum ihr mich nicht zu Gesicht bekommt? Ich kann gut verstehen, dass ihr neugierig seid und gerne wissen möchtet, wie ich ausschaue. Eins kann ich euch verraten, ich bin ein ganz besonders schönes Wichtelexemplar mit einer fabelhaften Zipfelmütze.

Das müsst ihr mir schon glauben, denn ich werde für euch Menschen unsichtbar bleiben. So war es schon immer und so soll es auch bleiben. Das ist das Besondere an uns Wichteln. Wir machen uns mit lustigen Streichen bemerkbar und schreiben Briefe, aber sehen dürft ihr uns nicht.

Damit ihr mich nicht entdeckt, schleiche ich mich nur nachts heraus. Dabei bin ich besonders vorsichtig und passe genau auf, dass keiner spinkst.

Man munkelt, dass wir sonst unsere Zauberkräfte verlieren. Und das wollen wir doch nicht, oder?

Tschölöle,

Uiuiui ... Ich weiß gar nicht, wo mir der Kopf steht. Stellt euch vor, in der Forscherwerkstatt des Weihnachtsdorfes hat ein tollpatschiger Wichtel eine Glasflasche mit Schlafpulver fallen lassen. Diese besondere Flasche stand ganz oben im Regal, sodass eigentlich niemand dran kommt. Beim Saubermachen ist es dann aber passiert, das Fläschchen ist einfach durch Merlins Hand gerutscht und auf dem Steinboden aufgeschlagen. Natürlich hat das einen lauten Knall gegeben und das Glas ist in Tausend kleine Stückchen zerbrochen. Das Pulver konnte entweichen und Merlin ist sofort eingeschlafen. Die Wichtel in der Wichtelwerkstatt hörten den Knall und kamen sogleich angelaufen. Sie alle atmeten das Schlafpulver ein und schliefen auf der Stelle.

Zum Glück war ich zu dem Zeitpunkt in der Weihnachtsbäckerei, um ein Plätzchen zu stibitzen. Es ist also doch ganz schön hilfreich, ein Schleckermäulchen zu sein.

Zumindest war das mein erster Gedanke. Aber nun fallen die schlafenden Wichtel alle bei der Arbeit aus und wir anderen müssen doppelt und dreifach so viel erledigen.

Seid mir also nicht böse, wenn ich mich in den nächsten Tagen nicht melde. Ich muss wohl erstmal im Weihnachtsdorf bleiben, bis meine Wichtelkollegen wieder erwachen.

Bis die Tage,

Hallihallo!

Vielen vielen Dank!
Es ist so lieb, wie ihr immer an mich denkt.
Ich habe gesehen, dass etwas vor meiner Tür lag und ich habe mich riesig gefreut.

Küsschen aufs Schnüsschen,

Wichtelbriefe für den Abschied

Hola,

hattet ihr schon einmal Muskelkater? Also ich kann euch sagen, ich habe einen riesengroßen Muskelkater. Ich habe stundenlang Kisten gepackt, Geschirr gespült und aufgeräumt, weil ich bald wieder abreise.

Räumt ihr gerne auf? Also ich nicht! Aber was sein muss, muss sein. Manchmal fehlt mir ein bisschen Motivation. Wisst ihr, was ich dann mache? Ich mache mir Musik an und dann läuft das Aufräumen wie von selbst. Dann flitze ich im Rhythmus durch mein Wichtelhaus. Probiert es auch mal aus. Musik an und los geht´s!

Danach gönne ich mir eine Belohnung. Dann koche ich mir zum letzten Mal für dieses Jahr einen heißen Kakao in dem Kessel über meinem Kaminfeuer. Falls ihr vielleicht noch ein Plätzchen oder ein Stückchen Schokolade für mich übrig hättet, würde das sehr gut zu meinem Heißgetränk passen. Ihr wisst ja, wo ihr mir eine kleine Nascherei bereitlegen könnt.

Adios amigos,

Kuckuck,

fast hätte ich das Wichtigste vergessen, bevor meine Zeit bei euch vorbei ist und ich mich verabschiede bis zum nächsten Mal. Ich habe noch ein kleines Abschiedsgeschenk aus dem Weihnachtsdorf mitgebracht, das euch an mich erinnern soll.

So vergesst ihr mich nicht, bis ich nächstes Jahr wieder bei euch einziehe. Gefällt es euch?

Bis baldrian,

So... meine Lieben,

die Koffer sind gepackt und ich habe hier gerade noch einmal gründlich durchgekehrt.

Das war wirklich eine anstrengende, aber auch sehr schöne Weihnachtszeit. Ich hatte viel zu tun im Weihnachtsdorf, in der Wichtelwerkstatt und hier mit euch. Schließlich wollte ich besinnliche Weihnachtsstimmung in euer Haus bringen und ein bisschen Schabernack treiben. Ich glaube, das ist mir gut gelungen.

Ich hoffe, ich habe nicht zu viel Durcheinander gemacht. Aber so ist das mit uns Wichteln, wir machen gerne mal ein Späßchen und vielleicht ein klitzekleines bisschen Chaos.

Nun werde ich mich erstmal ausruhen und einen wohlverdienten Urlaub machen. Vielleicht gehe ich sogar auf Weltreise. Das wäre doch was!

Bis nächstes Jahr,

So... meine Lieben,

die schöne Zeit bei euch ist vorbei. Ich muss mich verabschieden. Ich habe alles sauber gemacht und in der letzten Nacht mein Wichtelhaus ausgeräumt. Jetzt ist alles so, als wäre ich nie dagewesen.

Ich habe mich bei euch pudelwohl gefühlt und ich hoffe, ihr habt meinen Besuch ebenso genossen wie ich. Gut, manchmal habe ich ein wenig Schabernack mit euch getrieben, aber das gehört bei uns Wichteln dazu. Auf jeden Fall habe ich besinnliche Weihnachtsstimmung in euer Haus gebracht und viel von euch gelernt.

Apropos lernen: Nun werde ich mich ein paar Tage im Wichtelwald entspannen und anschließend die Schulbank drücken. Oh ja, ihr habt richtig gehört, auch ich muss noch in die Schule gehen. Ich besuche die Wichtelschule. Dort werde ich alles lernen, was ich für das nächste Weihnachtsfest wissen muss.

Und wenn es dann so weit ist, dann ziehe ich wieder hier bei euch ein. Wenn ich darf. Darf ich?

Bis nächstes Jahr,

Guten Tag meine liebe Familie,

nun ist die Zeit bei Euch vorbei. Meine Mission habe ich erfüllt und wir hatten eine wunderbare Adventszeit zusammen. Hat es euch auch so gut gefallen wie mir?

Ich glaube es ist mir gut gelungen den Weihnachtszauber zu euch nach Hause zu bringen. Mit eurer Hilfe selbstverständlich. Ich möchte gar nicht an den Abschied denken. Deshalb frage ich einfach mal ganz frech: Darf ich noch etwas länger bei euch bleiben?

Kreuzt die Antwort hier auf dem Brief an und legt ihn mir vor meine Tür. Ich bin gespannt, wie ein Flitzebogen.

JA ☐ NEIN ☐

Liebe Wichtelgüße,

Briefpapier Vorlagen für eigenen Briefe

Checkliste für die Zeit mit eurem Wichtel

Datum:

- ☐ Wichtelbrief
- ☐ Wichtelaufgabe
- ☐ Schabernack
- ☐ Vorbereitungen

Datum:

- ☐ Wichtelbrief
- ☐ Wichtelaufgabe
- ☐ Schabernack
- ☐ Vorbereitungen

Datum:

- ☐ Wichtelbrief
- ☐ Wichtelaufgabe
- ☐ Schabernack
- ☐ Vorbereitungen

Datum:

- ☐ Wichtelbrief ______________________
- ☐ Wichtelaufgabe ______________________
- ☐ Schabernack ______________________
- ☐ Vorbereitungen ______________________

____

Datum:

- ☐ Wichtelbrief ______________________
- ☐ Wichtelaufgabe ______________________
- ☐ Schabernack ______________________
- ☐ Vorbereitungen ______________________

____

Datum:

- ☐ Wichtelbrief ______________________
- ☐ Wichtelaufgabe ______________________
- ☐ Schabernack ______________________
- ☐ Vorbereitungen ______________________

____

Datum:

- ☐ Wichtelbrief ______________________
- ☐ Wichtelaufgabe ______________________
- ☐ Schabernack ______________________
- ☐ Vorbereitungen ______________________

____

Datum:

- ☐ Wichtelbrief ______________________
- ☐ Wichtelaufgabe ______________________
- ☐ Schabernack ______________________
- ☐ Vorbereitungen ______________________

____

Datum:

- ☐ Wichtelbrief ______________________
- ☐ Wichtelaufgabe ______________________
- ☐ Schabernack ______________________
- ☐ Vorbereitungen ______________________

____

Datum:

- ☐ Wichtelbrief ______
- ☐ Wichtelaufgabe ______
- ☐ Schabernack ______
- ☐ Vorbereitungen ______

______

Datum:

- ☐ Wichtelbrief ______
- ☐ Wichtelaufgabe ______
- ☐ Schabernack ______
- ☐ Vorbereitungen ______

______

Datum:

- ☐ Wichtelbrief ______
- ☐ Wichtelaufgabe ______
- ☐ Schabernack ______
- ☐ Vorbereitungen ______

______

Datum:

- ☐ Wichtelbrief ______________________________
- ☐ Wichtelaufgabe ______________________________
- ☐ Schabernack ______________________________
- ☐ Vorbereitungen ______________________________

____

Datum:

- ☐ Wichtelbrief ______________________________
- ☐ Wichtelaufgabe ______________________________
- ☐ Schabernack ______________________________
- ☐ Vorbereitungen ______________________________

____

Datum:

- ☐ Wichtelbrief ______________________________
- ☐ Wichtelaufgabe ______________________________
- ☐ Schabernack ______________________________
- ☐ Vorbereitungen ______________________________

____

Datum:

- ☐ Wichtelbrief ______________________
- ☐ Wichtelaufgabe ______________________
- ☐ Schabernack ______________________
- ☐ Vorbereitungen ______________________

____

Datum:

- ☐ Wichtelbrief ______________________
- ☐ Wichtelaufgabe ______________________
- ☐ Schabernack ______________________
- ☐ Vorbereitungen ______________________

____

Datum:

- ☐ Wichtelbrief ______________________
- ☐ Wichtelaufgabe ______________________
- ☐ Schabernack ______________________
- ☐ Vorbereitungen ______________________

____

Datum:

- ☐ Wichtelbrief ____________________
- ☐ Wichtelaufgabe ____________________
- ☐ Schabernack ____________________
- ☐ Vorbereitungen ____________________

____

Datum:

- ☐ Wichtelbrief ____________________
- ☐ Wichtelaufgabe ____________________
- ☐ Schabernack ____________________
- ☐ Vorbereitungen ____________________

____

Datum:

- ☐ Wichtelbrief ____________________
- ☐ Wichtelaufgabe ____________________
- ☐ Schabernack ____________________
- ☐ Vorbereitungen ____________________

____

Datum:

- ☐ Wichtelbrief ______________________
- ☐ Wichtelaufgabe ______________________
- ☐ Schabernack ______________________
- ☐ Vorbereitungen ______________________

____

Datum:

- ☐ Wichtelbrief ______________________
- ☐ Wichtelaufgabe ______________________
- ☐ Schabernack ______________________
- ☐ Vorbereitungen ______________________

____

Datum:

- ☐ Wichtelbrief ______________________
- ☐ Wichtelaufgabe ______________________
- ☐ Schabernack ______________________
- ☐ Vorbereitungen ______________________

____

Bastelanleitung für die Wichteltür

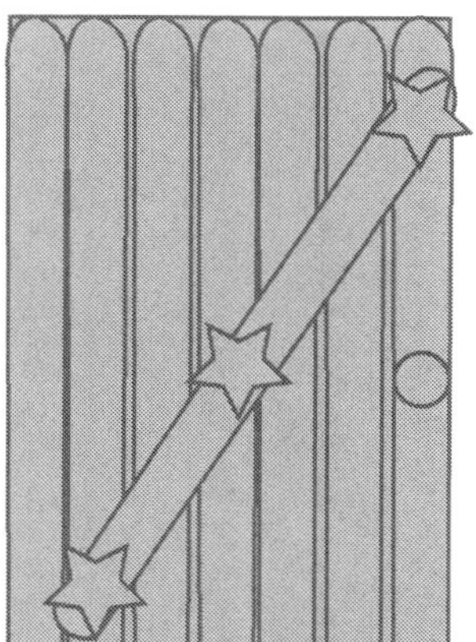

Bastelanleitung Wichteltür

Du benötigst:

- 1 Stück feste Pappe

- 8 Eisstiele

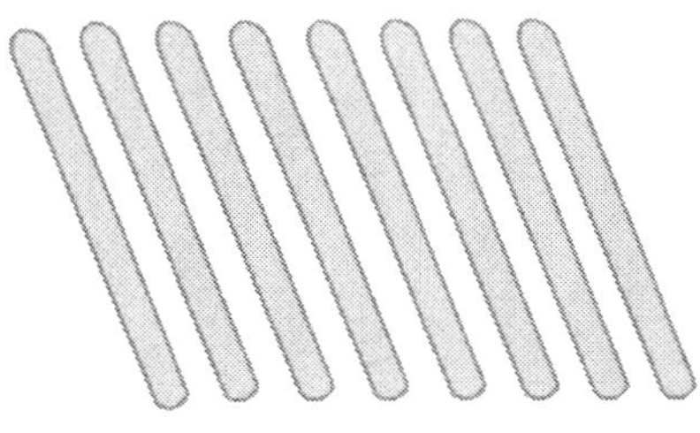

- Filzkugel, Perle oder Pappkreis als Türknauf

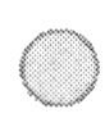

- Deko nach Wahl

Außerdem:

- Acrylfarbe
- Pinsel
- Schere
- Kleber
- Stift

1. Lege 7 Eisstiele nebeneinander auf die Pappe. Den 8. Eisstiel legst du diagonal darüber. Sollte das nicht passen, kannst du auch nur sechs Eisstiele nebeneinanderlegen.

2. Schneide nun das Stück Pappe in der Größe der Eisstiele zurecht. Achte dabei darauf, dass man die Pappe nicht sehen soll. Das Pappstück kann also etwas kürzer sein als die Holzstiele. Es dient lediglich zur Stabilität und soll die Eisstiele zusammenhalten.

3. Bemale die Eisstiele mit Acrylfarbe und lass sie gut trocknen.

4. Klebe die angemalten Eisstielen nebeneinander auf die Pappe und lass sie erneut gut trocknen.
Anschließend kannst du den diagonalen Eisstiel darauf kleben.
Lass nochmal alles gut trocknen.

5. Bereite in der Zwischenzeit deine Dekoration für die Wichteltür vor. Wenn alles gut getrocknet ist, kannst du damit beginnen.
Klebe eine kleine Kugel als Türklinke auf, sowie Deko nach Wahl.
Du kannst deine Tür auch mit einer Schleife und einem Türkranz aus kleinen Tannenzweigen dekorieren.

6. Nachdem alles getrocknet ist, kannst du deine Wichteltür über eure Fußleiste kleben.

Achte darauf, dass du die Tür mit einem gut lösbaren Kleber an der Wand befestigst, damit später nichts beschädigt wird. Wieder ablösbare Klebepads oder Klebeknete eignen sich gut dafür.

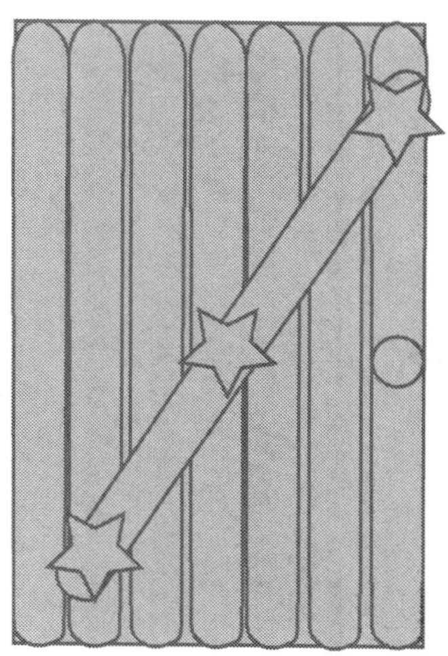

Bastelvorlagen Umzugskartons

Du benötigst:

* 1 Stück dickeres Papier
* Schere
* Kleber
* Optional: Drucker/ Kopierer

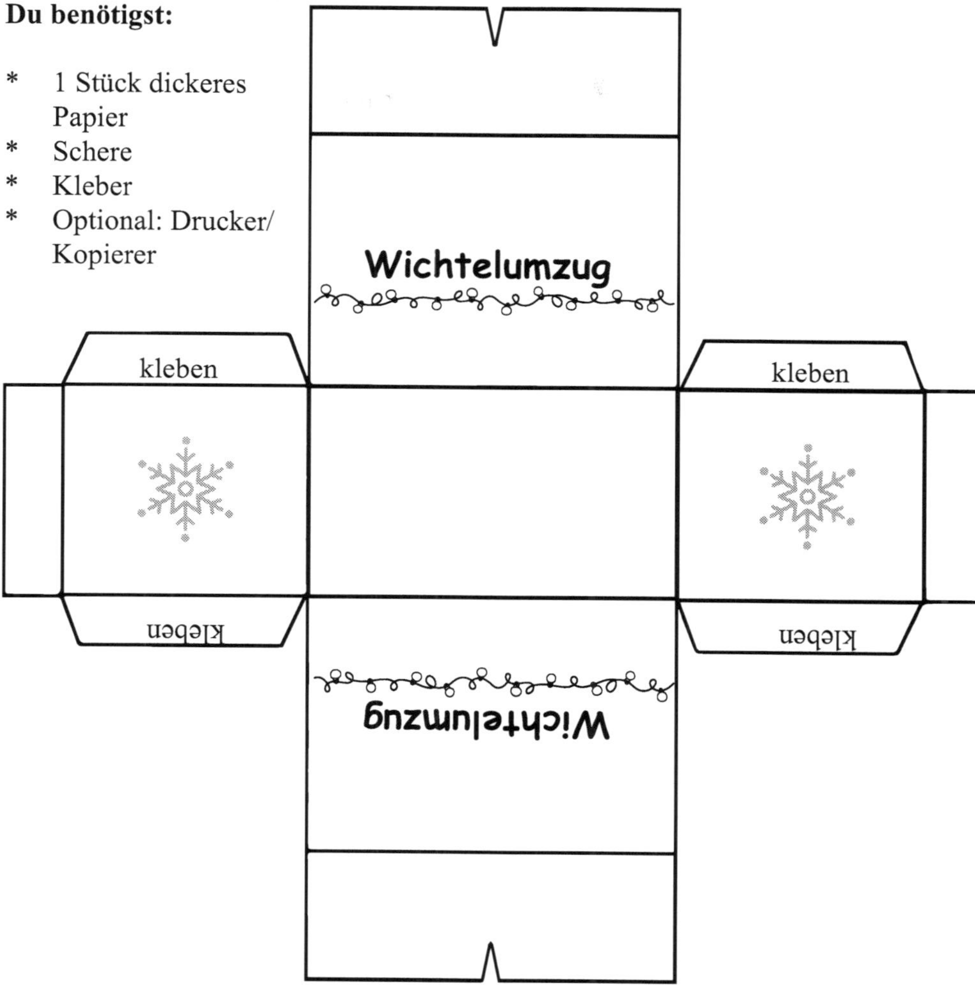

1. Die Vorlage aus dem Buch ausschneiden (oder vorab kopieren) und auf ein etwas dickeres Papier übertragen.
2. Die Kartonvorlage ausschneiden und ggf. anmalen.
3. Das Papier entlang der Linien knicken.
4. Die Klebeflächen mit Kleber versehen.
5. Die Seiten nun aneinander kleben.

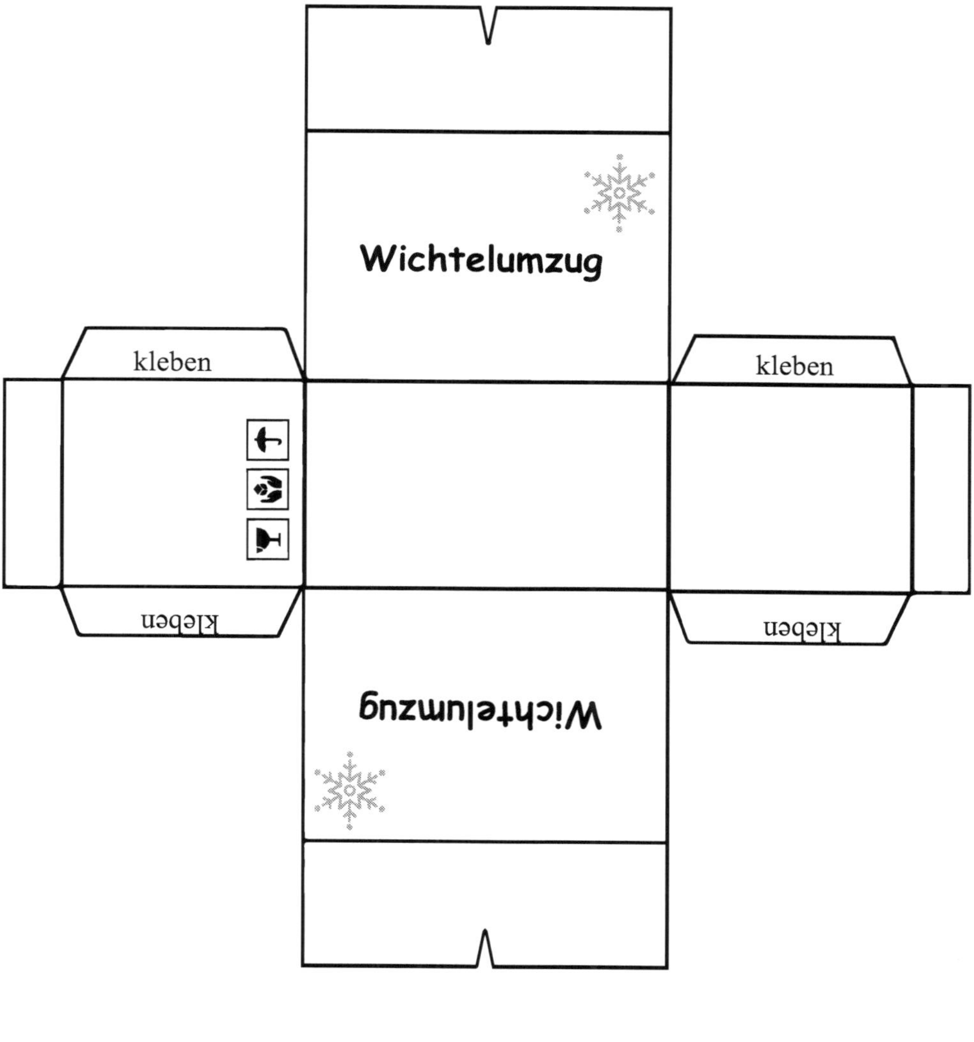
Wichtelumzug
kleben
kleben
kleben
kleben
Wichtelumzug

Lösungen

Puzzle

Fehlerbild

1. Auflage September 2022

ISBN: 978-3-910350-03-8

FUCHSIA VERLAG

Kontakt:

Krueawan Srimawong, Brunnenstraße 57, 50181 Bedburg

Verena Matzke, Käthe-Kollwitz-Str. 38, 50181 Bedburg

Printed in Poland
by Amazon Fulfillment
Poland Sp. z o.o., Wrocław

12624965R00110